黄海湿地文化丛书

守望红尘

王宏程 ◎ 著

江苏人民出版社

图书在版编目(CIP)数据

守望红尘 / 王宏程著. -- 南京：江苏人民出版社，2022.9

（黄海湿地文化丛书）

ISBN 978-7-214-27528-8

Ⅰ.①守… Ⅱ.①王… Ⅲ.①诗集－中国－当代 Ⅳ.①I227

中国版本图书馆CIP数据核字(2022)第171824号

书　　　名	守望红尘
著　　　者	王宏程
责 任 编 辑	王　田
出 版 发 行	江苏人民出版社
地　　　址	南京市湖南路1号A楼，邮编：210009
照　　　排	南京东汉文化传播有限公司
印　　　刷	南京迅驰彩色印刷有限公司
开　　　本	787 mm×960 mm　1/16
总 印 张	126.75
总 字 数	1925千字
版　　　次	2022年9月第1版
印　　　次	2022年9月第1次印刷
标 准 书 号	ISBN 978-7-214-27528-8
总　　　价	474.00元（共7册）

（江苏人民出版社图书凡印装错误可向承印厂调换）

平原上的诗意栖居者

——序王宏程朗诵诗集《守望红尘》

陈义海

　　写过不少序言,但这一篇很特别。虽然原先曾读过一些王宏程先生的文字,知道他多年来在《雨花》《鸭绿江》《盐阜大众报》《东方生活报》《江苏文艺》《中国教工》《百家》等报刊发表过不少作品,但我并没有见过他。承蒙他高看,请我作序,见他如此真诚,我答应了。

　　王先生很认真,一定要把著作的清样亲自送给我。那是九月初的一个下午,初秋的细雨下得缠绵,我们约定在我家楼下的咖啡馆见面。我给自己点了一杯咖啡,给他点了一杯红茶;我找了一个临窗的座位,边喝咖啡边等他。周围的一切都跟文学没有关系,窗外是淅淅沥沥的小雨和脚步匆匆的行人,而我独自喝着咖啡,等一位痴迷于文学的老先生;不过,因为有秋雨,有文学,这个下午一下子变得诗意起来。王先生四点多走进咖啡馆,他看上去六十来岁的样子,精神很好;当然,更让我印象深刻的是他对文学、对诗歌的执着与痴情。他已经退休一些年了，仍然笔耕不辍。让我感动的是，王先生是让女儿开车四五十公里专程送他来的。我有一个直觉，这本书应该是先生生命中的一件大事，也是他们全家都很重视的一件"盛事"。我们前后聊了约半个小时，通过这半个小时，我对宏程先生的创作历程，他对文学创作的认知，有了一个基本的了解。看着父女俩从雨中而去，看着他们雨中的背影，我在雨中站了很久。

《守望红尘》除了集前的序言、友人题签以及集末的附录，全书分为"乡韵遗风""岁月寻踪""家国情怀""栖居追梦""习诗断句""语困辞穷（闲聊诗话）"等六辑。每辑的辑名诗都专门请书画家友人制作成书画，可谓用心良苦。书中的许多篇章还插入了二维码链接，可以扫码听朗诵，可谓精心设计。从文体看，这部著作涉及新诗、旧体诗、诗话等；从写作时代看，虽然近年的作品居多，但也收入了各个时期的作品。可以看出，王先生是试图把他对文学全部的挚爱，他在漫长的岁月中无数抒情的瞬间，他在孤灯下"酿造"的字字句句，尽可能装进这部著作。凡是从性灵深处流出的每一滴，他都非常珍惜，不忍舍弃；因为在他看来，这些不仅仅是文字，更是他精神的轨迹，生命的痕迹。用他自己的话说，这些文字多以"情"作为主旋律，并希望达到以情动人的初衷。"拾得儿时黄纸片，寻章摘句慰苍颜"，可以说，这部著作承载着老先生一辈子的文学梦。

在几乎人人都是媒体的今天，发表文学作品，已经不是一件多么豪华的事情；在一个并不缺少图书而是缺少阅读的时代，一本书的问世并不能在这个世界上产生多大的动静。然而，王先生怀着对文学的痴迷，对"书"这样一种媒介形式的膜拜，用他的心力在经营，在"雕刻"，令人敬佩。

翻阅《守望红尘》，让我对什么是文学、什么是文学性这些命题产生一些新的认识。我不会对王宏程先生在诗歌艺术上所达到的高度做违背客观事实的恭维，然而，我不得不对这样一部著作的独特性表达我的观点。

《守望红尘》首先真实、生动地诠释了一种独特的生存姿态。我们总爱把"诗意地栖居"放在嘴边，其实，这句话绝大多数情况下只是被我们用作标签；或者说，它只是我们的一种生活理想，而我们并没有真正身体力行地去实践它。我们可以"栖居"得很舒适但未必有"诗意"。虽然我只是从文本本身认识王先生，但是，从他的文字所覆盖的题材的广度、生活面的宽度可以看出，诗意的文字是他日常生活的一部分。这些文字的艺术高度，历史的穿透力，都是作者经过性灵和情感的滤网滤出的精神的"颗粒"。文学作品要达到的高度是没有止境的，但任何一颗热爱文学的赤子之心怎么呵护都不为过。在跟我交流的半个小时里，王先生提到他最初的两次文学"生涯":一次是他1974年出席盐城地区青年业余作者座谈会,另一次是1976年他创作的文艺节目参加盐城地区中小学业余文艺创作会演并获奖。相对于文学圈内的"青春诗会"、鲁院经历等,这些并不算什么;我写这些是要表明,很多基层文学爱好者始终对文学和文学活动报以极其虔诚的心情。他们很可能永远生活在基层,写作在基层,但是,如果没有他们,又怎么谈得上文学土壤与文学传统呢?

在《守望红尘》中,我们可以看到王宏程先生诗歌创作题材的广泛性。我是一个对什么能入诗、什么不能入诗很苛刻的人。在王先生看来,几乎什么都可以入诗,这让我十分佩服。一草一木,一风一雨,一次同学聚会,一个工作场景,一部电视剧,一个时政人物,一次台风过境……都能成为他的创作题材,都能化为适切的诗行。比如,他家乡有个小区名曰"印象康桥",对一般居民来说,这只是个小区的名称而已,最多知道它一定是得名于徐志摩的《再别康桥》;但这文字上的细节,却能引起他的关注,并写成了诗歌《"印象康桥"的印象》。一个有诗心的人,总能非常敏锐地关注身边的一切,并化为笔下的诗行。

此外,作为一个"深扎"在家乡土地里的"地方"诗人,宏程先生的诗歌具有很强的不可替代性。大丰是一片在近现代历史上经历了聚变的热土,其风土人情十分独特,民族实业家张謇"废灶兴垦"、"北上海"飞地、白驹与施耐庵的传说等,只有本土诗人才会更加关注这些主题。《守望激情》中的不少诗作所描写的对象,在当代人眼中已经陌生,比如在《百年大丰对话实业状元》里描述的一种叫"丁头府"的民间建筑,《醉美天池湖》中的"盘铁"。从这个意义上讲,《守望红尘》还兼具一定的民俗学的价值。

我还注意到,收入《守望红尘》的作品大部分是朗诵诗。到宏程先生这个年纪,如果喜爱诗歌,一般多爱篇幅较短的诗词曲赋;但王先生近年来写了很多动辄五六十行、七八十行的长篇朗诵诗。这些诗写学生生活,写"文化大革命"知青,写爱情友情,写时政感受,写地方风物。写这样的诗歌,需要有很好的驾驭能力,更重要的是,须有饱满的诗情来支撑。可以看出,澎湃的诗情是宏程先生晚年的人生动力之一。

"附录"往往是一本书可有可无的一个"尾巴",但《守望红尘》的附录却引起我浓厚的兴趣。附录中的六首诗虽然不是宏程先生所作,但它们却凝聚了他收集整理之心血,更主要的是,它们可以通过这本书得以传播和保存。这些民歌独具苏北平原特色,特别是里下河与范公堤以东冲积平原的风土人情。这些流行于抗日战争和解放战争时期的苏北民歌,20世纪80年代初经过宏程先生的整理而得以存留。一首题为《十送郎》的民歌,把民歌善于铺陈的特点体现得淋漓尽致:"一里塘""二里街""三里坝""四里湾""五里店""六里路""七里庙""八里桥""九里庄""十里港",这些由数字牵引的地理形态,使得这首民歌具有很高的区域辨识度。

总之,王宏程先生的创作是中国当代基层创作的一个"样本",具有显著的代表性。当今社会,有很多像宏程先生这样的文学痴迷者,他们虽然很少去竞争这个奖、那个奖,但文学是他们生活不可分割的一部分。当我们的公民都能这样用诗意的眼光去看生活,哪怕未必都要将自己的感悟化为诗行,那么,"诗意地栖居"就不只是一个标签,我们的社会必然是另一种样态。而宏程先生作为平原之子,已经用自己默默的耕耘表明,诗意离我们其实并不遥远。

陈义海

江苏东台人,盐城师范学院教授、文学院院长、文学博士,双语诗人、翻译家。中国作协会员、江苏省作协理事,兼任盐城市文联副主席、作协副主席、文艺评论家协会主席。出版各类著(译)作近30部。曾获得江苏省"紫金山文学奖"、中国"新归来派"代表诗人奖。

守望红尘 快乐就好（序）

陈同远

欣闻宏程同志的朗诵诗集《守望红尘》即将付梓，本地的群众文化部门准备把他的这个集子作为基层文化诵读活动的相关资料予以推荐。他希望我能写上几句，这让我有点为难：我自认才疏学浅，不便对别人的作品评头论足。此前也曾有一些文友请过我写序，但我都没有写过一言半语，后来也多次在不同场合婉转地表达不愿为别人文集作序的意思。

虽然我对诗也很喜好，但毕竟涉猎不深。不过作为曾经的中学同学，相互间还算比较了解，退下来后又一起在诗画社共事，生生回绝也觉得不很妥当。

"诗是借助于语言以表现比较集中的思想感情的艺术，而语言是声音组成的"（艾青语）。这就是说：诗，特别是现代诗，主要是靠节奏和韵律传达诗人的情感。读者或听众也主要是通过视觉或听觉达到感情的共鸣来体味诗的蕴涵。

宏程的诗，浅显平实、通俗易读，接地气，比较符合社会基层普通大众的口味。他的诗，一诗一韵，朗朗上口，节奏感强，适合于朗诵，适合于听，也因此受到许多诵读爱好者的喜爱。在我们当地举行的几个有影响的诗歌朗诵会上，其现场效果和听众反映都很不错。说心里话，对他的诗我也比较认同。

"当我们离开这个世界的时候，我留下的文字还会替我们活着"。我的一个作家朋友的这句话我很赞同。

人老了，有点个人爱好，有点精神追求，不错。

人老了，不必太委屈自己，把自己对人生的感悟写出来，把自己想说的说出来，合适的时候出本集子，也挺好。

只要有益于自己的心身健康，让自己觉得快乐就好。如果能让自己快乐，又能对社会增加一些正面效应就更好了。这是我对作者也是对我自己的期许。

祝贺《守望红尘》结集出版。

陈同远

江苏大丰人，曾任江苏省大丰市市委常委兼宣传部长、人大副主任、政协副主席。现任盐城市大丰诗画社社长，《诗画大丰》微信公众号、《诗画大丰年鉴》《大丰诗草》主编。

五律·贺《守望红尘》新书付梓

乡野文章客,怀珠气自丰。诗才惊倚马,笔阵引飞鸿。可望春秋例,因承魏晋风。红尘传玉韵,闲步桂枝丛。

诗/陈晓春　中华诗词学会会员
书/吴洪春　中国书法家协会会员　　盐城市美术馆馆长
　　　　　　盐城市青年书法家协会主席　盐城市书画院院长

闲步红尘（藏头诗）

闲摇柔翰赋芳华，
步履青云唱晚霞。
红色人生多绚丽，
尘寰传诵一诗家。

诗/仓　显　中华诗词学会会员
书/徐中林　中国书法家协会会员

山色千寻常耸翠

彭蔚海

江 苏 省 美 术 家 协 会 会 员

盐 城 市 美 术 家 协 会 理 事

盐 城 市 大 丰 区 美 术 家 协 会 主 席

春 江

陆天宁 中国美术家协会会员,首都博物馆画院副院长,中国国家博物馆艺术中心画家,西藏自治区文化艺术研究院院士,新华社·新华书画院画家,中国西部画院副院长,中国名家画院副院长,中国水墨画院学术委员会专家,香港画院研究员,中国文化和旅游部《艺术市场》画院签约画家。

138厘米×35厘米

张重光
中国书法家协会会员
江苏省美术家协会会员
原盐城市书法家协会副主席

陈德浒
中华诗词学会会员
江苏省书法家协会会员

闹字红尘

宏程 方家属
庚子仲春 陈法游

目 录

1　平原上的诗意栖居者（陈义海序）
1　守望红尘　快乐就好（陈同远序）

1　乡韵遗风

3　百年大丰对话实业状元
　　　　——致民族工业先驱张謇
9　故乡的记忆
11　耐庵故里是我家
14　秋的忧伤
17　冬的画廊
20　小区的鸟
22　醉美天池湖
26　蜜月（Henienmo）
31　追求
35　散落的珍珠
40　幸运之神

44	阳光春风
	——献给张秀成老师
45	无花果
47	希望小镇
48	"印象康桥"的印象
49	天边湖联想

51　岁月寻踪

53	致我的中学老师
57	献给母亲的寿礼
60	罚跪
63	圆梦
	——谨以此献给年轻的幼儿教育工作者
68	寻觅
	（电视剧《娘妻》观后感）
70	中秋
71	一个中师生的感慨
75	省亲
80	致敬阳光男孩
82	困惑
86	修养
87	守候
89	梦
90	挥手
91	题照《人间雪狐》

92	孤叶
93	说梦
94	思念

95　家国情怀

97	风雨同舟　我们是过命的朋友
	——谨以此诗献给共和国暨人民政协
	成立70周年
102	致我同龄的兄长
106	生在华夏
	——写在壬寅金秋十月
112	追梦的路
117	好想对您说
120	假如我不再回来
	——一位年轻护士致夫君的信
122	问
124	你走了
126	等你平安回乡
	——寄语大丰援鄂医疗队
129	疫情过后
131	逆行中的羊肉汤
134	当民主成为强权的奴仆

135　栖居追梦

137	回顾与畅想
	——献给2020新年笔会

141	致敬　我的大上海
	——献给出海口文学社2020年会
144	合肥新时代　教辅金品牌
	——为合肥新时代教育考试信息中心题
145	戏为启俊兄照题
146	致我的退休同学
148	再致我的退休同学
150	见证
	——凯芳高飞白首奇缘
151	为亚平先生
	《水调歌头·小街情远》点赞
152	化蝶之吻
153	接应忠同学电话有感
155	赏月
156	题晁君心华美照一组
157	"缘"
158	"情"说
159	丙申夏月初中同学会有感
159	听蝉
160	来自《美好时光》的一次趣聊
162	张家寅校长祭
165	祭建华

167　习诗断句

169	纪念张謇废灶兴垦100周年

172	重游潘园
173	贺芳彩园首届绣球花研讨会开幕
174	有感于杭兄古稀学诗
174	咏蝶三题
175	志同道远
175	为根平洗尘
175	复友人
176	字谜一则
176	无题
177	飞絮
177	无言
	——写在安徽理工大学学生公寓前
178	闲聊三题
178	校园
179	台风"安比"
179	小雨即景
179	有感于德际的书画小品
180	宴后散步
180	劝学
180	儿时中秋忆
181	贺仓翁八十寿
181	枯枝无名花
181	朋友
182	知青农场
182	无题

182	同学重逢
183	童心未泯
183	青葱记忆
183	蚊子馆
184	黄叶
	——步永明社长韵
184	和永明社长《中秋雨夜寄友》
185	诗痴
185	仿诉衷情·遥祭"12·26"
186	仿西江月·游子终当还乡
186	仿西江月·叹
187	仿西江月·慕
187	仿西江月·雪

189　语困词穷

191	诗与情
	——兼答诗友"现代诗创作中的情"
197	兼容并蓄共生共荣
	——格律诗和现代诗关系之我见
200	附录　四十年前采风整理的一组民歌
217	退休感言（代后记）

乡韵遗风

黛瓦粉墙藏古韵,
新亭旧院隐红尘。
竹林深处听黄耳,
五孔桥头尽故人。

插图　杨艺庆　江苏省美术家协会会员　盐城市大丰区美术家协会副主席

黛瓦粉墙藏古韵新亭旧院隐红尘竹林深霭听黄耳五孔桥头尽故人

绿玉宏程先生古韵遗风

庚子仲秋 顾晓燕

顾晓燕 中国书法家协会会员　盐城市大丰区书法家协会主席

古　韵　遗　风

庚子四月 杨庆

书法　杨庆　中国书法家协会会员　西泠印社社员

百年大丰对话实业状元

——致民族工业先驱张謇

朗诵　张建国

（1918年的那个黄昏）

您的眼前，是无边的荒凉，
您的脚下，是咸涩的盐霜。
昔日的荣景已变身记忆，
曾经的忙碌也成为过往。

您是大清的末代状元，
您曾期盼成为国家的栋梁。
甲午海战让您心碎，
原始的刀剑棍棒
　　　又怎能把坚船利炮的强盗抵挡？

您曾是民国的首任实业总长，
您曾是中山先生倚仗的臂膀。
然，军阀混战民不聊生，
您，又拿什么来强国富邦？

是赤子的救国情怀，
您在南通建起大生纱厂，
无愧于
　　中国纺织工业先驱的称号，
您和无数的先贤一样
　　堪称我们民族的脊梁。

苦苦思索在洋货的
　　夹缝中延续和成长，
念念在兹挣扎在
　　死亡线上的启海老乡。
您来到黄海之滨，
是要让这里能承载您
　　那份浓烈而美好的向往。

状元郎的拳拳之心，
吝啬的"扶九爷"①们终于解囊：
"废灶、兴垦、植棉"
　　建立"大丰盐垦公司"，
久而久之
　　"大丰"这个名字便越来越响……

蜷缩在"滚地龙"②里
　　垦荒的灶民乡亲哟，
低矮的"丁头府"③

　　　　是他们最奢侈的华堂。
裹块麻袋片权当衣衫。
铺上点茅草也就成了床。

您曾为这里呕心沥血，
您曾为这里
　　　　开启了通向文明的那扇窗。
实业救国谈何容易，
哪一步不是
　　　　千辛万苦又跌跌撞撞……

（百年之后的今天……）

这是一座
　　　　因您而名的年轻城市，
每一升空气里
　　　　都弥漫着清新和芬芳，
在以您冠名的街道和公园，
感恩的人们为您树起了
　　　　不朽的丰碑和永恒的雕像。

曾经的无情海沟
　　　　和令人生畏的草荡，
终于脱胎成国家一级口岸
　　　　——今日的亿吨良港。

几多辛酸几多苦涩,
折射出的是几代大丰人
　　和您一样的气魄和担当。

来自江南水乡的
　　那株八百龄宫粉"宋梅"④,
静静地守护在
　　西郊梅苑的茶楼旁。
神情多像忠厚的老臣,
为移步湾区的
　　五百龄梅王梅后站岗。

人间四月尽芳菲,
花海遍地郁金香。
是否会让您想起
　　曾高薪聘来的水利专家?
那些个荷兰小伙
　　可都来自异国他乡。

百里千顷野鹿荡,
六月的海风
　　总爱傍着火辣辣的太阳。
鹿王争霸赛已拉开帷幕,
谁与争锋
　　是英雄就该上战场。

白驹，
　　——水浒的原乡，
处处总能
　　勾起人们无尽的遐想。
游园的孩子好奇地发问：
"哪一棵才是花和尚
　　曾经倒拔的那棵垂杨？"

呼啸的巨龙
　　慢下欢快的脚步，
它要带上这里的人们
　　去他们想要去的任何地方。
硕大的风叶舞动起来，
为人类献出
　　更加清洁而巨大的能量。

今日的大丰日新月异，
大丰的今日人民安康。
先生，您应该感到自豪，
百年之后的卯酉河
　　不正是先生您
　　　　追逐的光荣与梦想……

注：①由为称为"扶九爷"的垣商（盐商）周扶九等恭请张謇并倡议发起于1917年5月、成立于1918年12月

的"大丰盐垦股份有限公司",其中周扶九是公司的主要投资人。

注:②"滚地龙"是海滩灶民用木棍芦苇搭建起来用于栖息的无门无窗极其简陋的住所,遇上稍大一点的风就会荡然无存。

注:③"丁头府"是用土坯为墙,茅草盖顶,较"滚地龙"稍微坚固一点南北朝向的简陋住所,一般门朝南开,房间亦多数在床前开一小窗通风透光。

注:④800龄的宫粉"宋梅"植于梅苑外,500龄的"梅王梅后"植于梅苑内。其实"宋梅"更尊贵,全国仅两株,另一株在无锡荣家。这一株只因植于园内,故冠以"梅王梅后"。

故乡的记忆

朗诵 陈亚平

弯弯的串场,
千帆竞渡南来北往。
长长的范堤,
一路烟尘马驼车装。

昨夕岱岳听秋风,
秋风怨我
　　怨我盟誓早相忘。
今夜神祠望晓月,
晓月如钩
　　勾我即刻快还乡。

遥忆板桥初坐馆,
北宝寺中
　　细帖群贤断句章;
遐想耐庵新著书,
茅家园里
　　对猫画虎痴若狂。

大街青砖映黛瓦，
蒙蒙细雨，
　　打湿您飘逸的罗裳
小巷绿苔妆粉墙，
轻轻微风，
　　抚慰我忧郁的心房

弯弯的串场，
河边是我如画的家乡。
长长的范堤，
带着我的思念奔向远方……

耐庵故里是我家

演唱 阎维文

　　白驹是一座千年古镇，相传北宋之前这里还是潮涨一片汪洋，潮落满眼滩涂。宋代名臣范仲淹曾在此撒糠修筑捍海堰，后人称之为范公堤。小镇居民感念范公恩泽在北街建成"三贤祠"供后代子孙祭拜。元朝末年，盐民张士诚等在白驹南十五里庙举兵反元，义军攻占苏州后张士诚建都称吴王，兵败后张的谋士施耐庵曾在小镇北宝寺坐馆教书并写下千古名著《水浒传》。清代扬州八怪郑板桥、《桃花扇》的作者孔尚任、《镜花缘》作者李汝珍、《夜雨秋灯录》作者宣瘦梅等都曾在白驹坐馆教书或进行过诗文创作活动。

　　民国时期的著名海洋生物学家俞兆琦和著名地理学家李春芬都是白驹人氏，并都曾在小镇读书受教，李春芬先生在小镇的故居至今仍旧保存完好。

　　小镇让我自豪。

2016年初夏,几位文友小聚,提议笔者为小镇写几段歌词,诉说小镇之美……

范堤烟柳映彩霞,串场牛湾泛浪花。
我的朋友您这里来,耐庵故里是我家。

关帝庙前唱大戏,满口京腔震华夏,
"三贤祠"里办学堂,板桥坐馆留佳话。
这里曾有个大文豪,一部《水浒》传天下。

明宋遗风随处觅,一眼望去尽入画。
画栋雕梁满大街,青砖灰瓦寻常家。
会师塔下游人织,玩具之乡美如画。

范堤烟柳映彩霞,串场牛湾泛浪花。
我的朋友您常常来,耐庵故里是我家……

耐庵故里是我家

阎维文 演唱

王宏程 词
张梓敏 曲

1=F 3/4
♩=154

(3̲5̲ 1 1 | 1 5·6̲ | 5 — | 5 — — | 3̲5̲ 1 1 | 1 2·3̲ | 2 — — | 2 — — |
3̲3̲ 2̲3̲ 5 | 3̲3̲ 2̲3̲ 6 | 5̲ 5̲5̲ 5̲5̲ | 5̲ 5̲5̲ 5̲5̲ | 5̲ 3 5 | 2·3̲ 2̲ | 1 — — |
1 — —) | 3 5 5 | 5 — 5̲ — | 5 — | 6 6 | 5 — 5̲ — | 5 — | 3 5 5 | 5 — 5̲ — | 5 — |

范堤烟柳　　映彩霞，　　串场牛湾
范堤烟柳　　映彩霞，　　串场牛湾

6 6 — | 2 — — | 2 — — | 3̲3̲ 2̲3̲ 5 | 3̲3̲ 2̲3̲ 5 | ⁵6̲ — — | 6 — 5 | 1 — — | 1 — — |

泛浪　花，　　我的朋友 我的朋 友 您　这里来，
泛浪　花，　　我的朋友 我的朋 友 您　常常来，

1̲ 6̲ 3 | 2 — 0 | 3 — 2 | 5 — — | 5 — — | 5 — ‖: (6̲5̲ 3̲5̲ 6̲5̲ | 3̲2̲ 1̲2̲ 1̲6̲) |

耐庵故里　是我　家。
耐庵故里　是我　家。

5̲ 3 5 | 2̲ 3̲ 2 | 1 3̲ 6̲· | 5 — — | 6̲ 1̲ 5̲ | 6 — 3 | 3·1̲ 2̲3̲ | 2 — — | 3̲3̲ 3 5 |

关帝庙　前　唱大　戏，　满口 京腔 震　华夏，　三贤祠里
明宋遗　风　随处　觅，　一眼 望去 尽　入画，　画栋雕梁

3̲2̲ 3̲1̲ | 1̲1̲ 1̲ 3 | 2 1̲2̲ 6̲ | 6̲6̲ 6̲5̲ | 1 — — | 2 2 1 | 3 — — | 2 2 3 | 1̲3̲ 2 0 |

办学 堂，板桥坐馆 留佳 话,这里曾有 个　大文　豪，一部　水浒
满大 街，青砖灰瓦 寻常 家,会师塔　下　游人　织，玩具之乡、

2̲3̲ 2 0 | 3 3·2̲ | 5 — — | 5 — — | 6 — | 6 — 5 | 5̲5̲ 5̲ 5 | 3·5̲ 2̲ | 1 — — |

水浒　传天　下、　　　　一部水浒传　天　下。
之乡　美如　画、　　　　玩具之乡美　如　画。

1 — — :‖ 5̲5̲ 3̲5̲ 5̲ | 5̲5̲ 3̲5̲ 5̲ | 6̲ 1̲ — | 1̲ — 5̲6̲ | 5 — — | 5 — — | 5̲5̲ 3̲5̲ 5̲ |

　D.S. 我的朋 友、我的朋 友 您　　常常 来，　　　　我的朋 友

5̲5̲ 3̲5̲ 6̲ | 6̲ 1̲ — | 1̲ — 3 | 2̲ — — | 2 — — | 3̲3̲ 2̲3̲ 5 | 3̲3̲ 2̲3̲ 5 | ⁵6̲ — — | 6 — 5 |

我的朋　友 您　常常　来，　　　我的朋　友 我的朋 友 您　常常

〔结束句〕

1 — — | 1 — — | 1̲ 6̲ 2̲3̲ | 2 — 0 | 2 — 2 | 1 — — | 1 — — ‖: 1̲ 6̲ 2̲3̲ | 2 — 0 | 2 2·1̲ |

来，　　耐庵故 里　是我家。　　耐庵故 里　是我

1 — — | 1 — — | 1 — — | 1 — — | 1 0 0 ‖

家。

秋的忧伤

诵读 罗 兰

还是那一抹平静的湖光，
还是湖边那棵妩媚的垂柳。
还是满塘枯萎的荷叶，
还是已经没有树叶遮掩的鸟窝。

还是那石块铺成的小路，
还是长长的木栈曲径通幽。
还是那只立在树丫的小鸟？
还是在那儿冲着我点头。

还是公园角落里的凉亭，
还是那块曾留着我们体温的石头。
还是那座拱起的石桥，
还是那本该早已淡忘的深秋。

当炽热已成为记忆，
当记忆也褪去了温柔。

当春去秋来,
到了严冬你终于远离了忧愁。

曾经期望能走得更远,
曾经憧憬着更老的时候:
你推着轮椅,
我们在这湖边的小路上慢悠悠地走。

曾经的一个个削了皮的苹果,
曾经的一声声每天的问候,
曾经的一杯杯试过温的开水,
曾经,曾经太多的关爱与守候……

总是能感受无处不在的温馨,
还总是在我的睡梦里转悠。
虽然时光不会倒转,
但命运已待我过于优厚。

知道你太累了,
需要一个栖息的枝头。
你说其实也不会走得太远,
还是会让我住在你的心头。

当昨天已成往事,
往事又何须理由。

谢谢你，
　　　曾经的相遇相携，
谢谢你，
　　　而今的潇洒挥手。

也许在多年以后，
有一个步履蹒跚的独行老叟，
总是在这里
　　　走走停停又停停走走，
念念有词又频频回首……

冬的画廊

诵读 张建国

虽然早有预约，
你来得还是让我
　　兴奋得有点紧张：
一夜之间，
小城披上了晶莹的盛装。

依然朦胧着的晨昏，
寂静得似乎能听到
　　片片玉碟撞击的声响。
舞姿优雅的琼妃，
总不肯放过
　　每一寸能够栖息的地方。

大街上那一溜溜的霓虹广告，
刚刚经历了夜生活的阵阵热浪，
在蒙蒙茫茫的飞絮里，
居然还闪烁着五颜六色

已显得有点孱弱的灯光。

那些个环卫工大叔阿姨，
瞬时换上了
　　一色耀眼的素裹银装。
冰冻没有让他们慢下脚步，
依然穿梭在大街小巷。

刚刚染成白色车顶的城市公交，
步履蹒跚悠闲地
　　行进在宽阔的大街上。
为早行的人们，
把这份真善美的温馨给送上。

那个背着书包的孩子，
正踩踏着
　　洁白的银沙吱吱作响。
远处的那一幢幢
　　分外妖娆的建筑，
正是他收获新知识的学堂。

小区栅栏旁的那株腊梅，
嫩黄的花骨朵儿
　　正吐着淡淡的芬芳。
这该是一种精神，

以这样的方式演绎着
　　　属于她自己的倔强。

寒气逼人璇花漫天，
工地上的挖掘机
　　　却依然那么繁忙。
快节奏的生活方式，
为城市注入了活力
　　　就是这么青春荡漾……

小区的鸟

诵读　张建国

小区路边有一只显得疲倦的鸟,牠警惕地左顾右盼,似乎又在寻找着什么……

虽早已不再健壮,
可还是选择倔强。
都已经飞不动了,
还是拼命地扑打翅膀。

找不着熟悉的枝丫,
却遭遇生涩的凄凉。
不是在你的领地,
是觅食还是打发时光?

谁会在意你上一刻的无助?
谁会体谅你这一时的忧伤?
累了,栖息一下儿吧,
梦里也许有你曾经的收藏。

你说天下没有不散的宴席，
有聚合别离也世事无常。
没有栅栏的郊外乡村，
遍野都是往日的寻常……

乡韵遗风

醉美天池湖

诵读　张建辞

没有你的邀约，
我依然如期而来。
因为在我的词典里，
这不是你的情怀。

我如期而来，
不为这樱花山坡遍地的野菜。
我如期而来，
不为这天池湖边绚丽的云彩。

我如期而来，
不为这度假村木屋的
　　甘醇美酒与煎烤牛排。
我如期而来，
不为这俄罗斯女郎的
　　优雅舞姿和迷人丰采。

谧静的湖面上，
一丝丝淡淡的轻纱飘逸而来。
驾着单车的白衣姑娘，
用她看似羸弱的身体
　　　　把试图挡住她前行的晨雾推开。

金灿灿的向阳花，
腼腆又整齐地站成一排排。
硕大的蝶醉花园，
簇拥着无数
　　　　形态各异的精灵竞相出彩。

腰缠玉带飘然起舞的
　　　　深黑色雄蝶真是山泊吗？
彩裙艳丽随风追逐的
　　　　玫红色雌蝶一定是英台。
经历狂风暴雨的考验，
正形影不离
　　　　诠释着爱的愉悦与欢快。

也许从蝴蝶泉
　　　　一路寻觅而至的霞郎？
就能知道
　　　　雯姑是你不变的挚爱。
向往自由和爱情的明天，

你又何曾畏惧过
　　烈焰熊熊的火海?

也许是出于对香艳的崇拜,
你总是垂青女人的杏脸桃腮。
真的让我有点儿妒忌,
可这就是本该让我们陶醉的世界。

撑着红伞的素裙女孩,
在飘香的
　　薰衣草园里浅步轻迈。
光着臂膀的憨厚大叔,
端详着那一串串
　　成熟的葡萄笑逐颜开。

正在进行着
　　"华东六省市"钓鱼大赛,
400余选手屏住呼吸
　　对着湖面在静静地等待……
紧张了一个礼拜的先生,
来享受一下
　　这难得的休闲节拍。

小河对面
　　是曾经垦荒人栖息的茅棚,

在这里总是显得太过于狭窄。
盐垦文化园里笨重的盘铁*,
用她自己的方式
  诉说着对这块热土深情的爱。

一幅幅美图,
  是"人在途中"的"渔翁"
用他们心爱的相机剪裁。
偶尔迸出的佳句妙联,
为"梦痕"的那原本
  就丰满的诗囊里又添了彩。

  注：盘铁——古代煎盐的大型工具,十户左右的人家组成一个生产小组,每个家庭执掌其中的一块,只有当所有的盘铁块拼凑到一块时,才能开锅煮盐。

蜜月（Henienmo）

诵读　曹新华

年轻的 Paris 帕里斯醉了，
迷醉在地中海的沙滩上。
美丽的 Helen 海伦醉了，
古老的爱情史诗
　　翻开了她又一绚丽的篇章。

蜜月（Henienmo）
　　——"海聆梦"，
一个划时代的畅想。
海，是自由、是包容、是奔放，
是对胸怀的诠释与展望。

聆，是倾听、是坚韧、是顽强
是对上帝的虔诚和景仰。
梦，是浪漫、是追逐、是时尚，
是对未来的憧憬和向往。

百年的大浪淘沙，
"海聆梦"已成为当今世界
  纺织业最浪漫的女王。
1992年的那个春天，
88岁的那位老人
  给拓荒者送来又一缕阳光。

挟裹着地中海
爱情气息的海风，
登陆这片
神秘却充满活力的东方。

倪晨，您一定有梦，
期望有一天
  您将成为床上用品的女皇。
而您的起步
  ——是广交会那3平米展摊？
还是您
  ——大丰女儿的天生倔强？

还记得2001年
  圣诞节的那个晚上？
刚下飞机的您便被请进
  移民局那令人难堪的地方。

一个单身女人
　　五个硕大的行李箱,
就足以证明您的
　　"移民倾向"。

打开行李箱让人错愕;
满满的都是样品啊
　　却没有几件是您自己的衣裳。
合众国的官员面面相觑,
　　他们又怎么能想象:
一个创业者
　　负重前行的侠骨柔肠……

邱董,您也有梦吧?
废灶兴垦的实业家张謇,
　　是您儿时崇敬的偶像。
踏着他曾经留下的脚印,
领先华夏
　　打造您的世界工厂。

2014,江苏"海聆梦"降生,
降生在这百年大丰麋鹿故里
　　——也是您总想回报的家乡。
才几十台缝纫机,
　　才几十号人的团队,

开启了您

　　中国家纺旗舰的远航

　　……

从传统工艺

　　更新换代一路风霜，

到脱胎换骨

　　智能智造尽显辉煌。

智能件套、智能被子、

　　智能窗帘、智能立体仓……

"海聆梦"乘春风而来，

　　又从这里飞向地球的四面八方。

博物馆里木制的纺车，

　　留下了岁月的沧桑。

似曾相识的情景和文字，

　　诉说着我们脑海里

　　　　早已逝去的影像。

历史走过的沟沟坎坎，

陪伴也见证了人类的智慧

　　与艰难困苦的较量。

26年的辛劳，

　　有喜悦也有沮丧。

26年的磨砺，

有阵痛也有疯狂。
26年的"海聆梦",
在风风雨雨中我们步步向上。

打开窗户拥抱世界,
世界就充满快乐和欢畅。
拉上窗帘享受生活,
生活便尽享芬芳。

"海聆梦"的今天鲜花簇拥,
"海聆梦"的明天一路阳光。
"海聆梦"是我梦中的温馨,
"海聆梦"
　　——我的"蜜月"我的梦想……

追 求

诵读　陈亚平

最后的那碗米，
送去做了军粮。
最后的那尺布，
拿去缝了军装。

最后的那件老棉袄，
也盖在担架上。
最后的那个亲骨肉，
还是把他送上了战场。

是老区的乡亲
　　用自己辛劳和乳汁，
哺育了中华民族的脊梁。
老区——共和国的红色摇篮，
老区——人民子弟兵的亲娘。

"老少边"总是挨着个"穷"字，

让你我止不住热泪盈眶。
风风雨雨几十载啊,
如何才对得起
　　那些曾经的憨厚老乡……

让贫困远离 让人民安康,
是时代赋予的使命和担当。
无数烈士用鲜血和头颅,
凝成了一代代共产党人的信仰。

向贫困宣战决胜小康,
实现对美好生活的向往。
"我将无我 不负人民",
钢铁的意志字字铿锵。

开放沿海接轨上海,
跨越创新给老区
　　插上绿色的翅膀。
呼啸的列车带着老区人的期盼,
汇进一带一路的世纪合唱。

精准扶贫 走村穿巷,
播种汗水也收获希望。
大红的春联伴着串串脚印,

在冰天雪地里
　　　书写着大爱的华章。

一个个面临辍学的寒门后代，
透过"国华中学"的绿色通道
　　　走进高等学府的巍巍殿堂。
他们又怎会忘记，
是谁曾帮扶着自己
　　　一步步迈向阳光。

低矮的茅草屋换了新装，
脱贫的农民住进花园楼房。
假如诗圣穿越到今天：
能分得清
　　　这里是人间还是天堂？

不再焦心曾经的年年饥荒，
不再要忙着为孩子缝补衣裳。
无论在城里还是乡下，
我们庆幸生逢盛世民富国强。

感恩和谢意都藏在心里，
幸福与满足都写在脸上。
经历过苦难生活的煎熬，

挥洒出的欢乐更淋漓酣畅。

卯酉河畔鸟语花香，
湿地之都溢彩流光。
缅怀历史面向未来，
老区人更追求诗与远方。

民族复兴任重道远，
共同富裕是我们每个人的期望。
也许还会有许多沟沟坎坎，
但我们的脚步
　　　谁也无法阻挡。

散落的珍珠

诵读 罗 兰

上帝的女儿丢失了一串珍珠，
散落在黄海滩上。
时光的年轮转了一圈又一圈，
她们还在那儿熠熠闪光……

古盐运集散地的浮雕，
诉说着已成历史的繁华过往。
吴王殿前的十八条扁担，
演绎过"宁有种乎"的王侯绝唱。

孩子们最爱的梦幻迷宫，
周末假日更是人潮逐浪。
丁溪古村的院落壁照，
还是那副老气横秋的模样。

两军会师的纪念碑下，
老战士的歌声雄浑嘹亮。

八十年前的那场牵手，
至今让人们荡气回肠。

花家垛上鸿儒高论，
快活林里高朋满堂。
耐庵故里的游人骚客，
捡起那散落一地的诗行。

净土院里高居士住过的陋室，
依稀可见老人家清瘦的模样。
紫云山上缥缈的晨曦和着鸟语，
映衬着早读孩子们的书声琅琅。

板桥常过的条石小巷还在吗？
赠予友人的十二条幅炫目异常。
镇海禅寺的方丈会告诉你：
古镇正焕发出更耀眼的光芒。

孔尚任治水曾住过的那个祠堂，
留下过《桃花扇》的精彩篇章。
痴痴的香君姑娘，
还在等候她那位书生情郎……

天边湖公园树立着烈士的雕像，
《黄桥烧饼歌》还是那么嘹亮。

长寿村里的百岁姐妹,
唠叨着刚刚听来的家短里长。

荷兰花海惊艳了世界,
3300万朵鲜花竞吐芬芳。
每年12000对新人的婚纱照,
让"爱情圣地"的美誉在五洲四海传扬。

相信爱情吗?
《只有爱·戏剧幻城》
　　是否触碰了您内心最柔软的那块地方?
景区弥漫的欧陆风情,
也曾是荷兰青年克莱特的奢望。

寒风凛冽中的梅花湾,
浸透着傲骨侠士的古道热肠。
亭台楼阁曲径通幽,
俨然一派宁静的江南风光。

洁白得耀眼的恒北梨花,
乍暖还寒在早春中迎风开放。
如织的游人穿梭往来,
在水墨画卷中欢快地荡漾。

"滚一身泥巴　练一颗红心",

半个世纪前的口号
　　依然在八万沪上青年心中激荡。
茅棚、土灶、水车和忽明忽暗的马灯……
仿佛一幅幅远古的图像。

一队队穿红着绿的老头老太，
又到了曾经落户的知青农场。
来享受乡村的平静，
追忆逝去的青春时光。

忙碌的港口车来船往，
巨大的吊机紧张繁忙。
刚卸下满满的友谊，
又装上热情的问候正在出港。

领略了太多的伤痛与凄凉，
湿地精灵又重回了故乡。
在牠们熟悉的滩涂，
悠闲地享用着大自然的褒奖。

姜子牙手持无钩的鱼竿，
等文王来寻求治国良方。
传说中观海的那座木塔，
也依然耸立在这片湿地上。

海上吹来阵阵凉风，
莎士比亚小镇又张开了臂膀。
日月湖畔的那一对对恋人，
尽情享受着粼粼波光……

卯酉河边大妈们兴致正浓，
优雅的舞步随旋律肆意奔放。
闪烁的霓虹善解人意，
给这座海滨小城的夜晚添了欢畅。

太平洋西岸的这片土地，
孕育了太多神奇与向往。
神仙们又如何耐得住诱惑？
正欲组团来一次深度的采风与参访……

幸运之神

诵读　陈亚平
　　　　孙　玲

　　前不久,一位来自老家不常见的小同乡和我聊起了他创业的艰难与幸运……

虽然是祖祖辈辈的农民,
可总想圆一个小康的梦想,
仗着打工学到的一点技能,
我承包了眼前这一片蟹塘。

还在寒风冽冽的时候,
我清塘消毒整修水道
　　也在编织着我对未来的渴望,
还在春雨绵绵的时候,
我测水拌料投食巡塘
　　也在憧憬着灿烂阳光。

我把时辰嵌进了塘堤上的围板,

每一尺围板都
　　　守护着我幸福的遐想，
我把未来溶入了静静的河水，
每一滴河水都
　　　寄托了我无限的希望……

淘气的蟹苗一天天成长，
眼前的小小作为
　　　让我有点儿得意扬扬，
总以为天道能酬勤，
总以为等待我的
　　　只会是风和日丽一路风光……

实在弄不懂是什么名堂，
命运的玩笑竟开得是这么匆忙：
一边是蟹苗
　　　患上了不知名的疾病，
一边是库存的蟹料也已经清仓。

朋友的电话更让我惊悚：
"因突发事故
　　　答应的资金已无法到账。"
这一棒打得我六神无主，
留给我的

只剩下无尽的恐慌……

像没头的苍蝇四处乱撞，
马不停蹄东奔西忙
　　　却依然找不着方向，
寻思着是不是该借点高利贷？
但可怕的后果
　　　又让我实在不敢去想象……

是一位文静而执着的姑娘，
甜甜的微笑
　　　给阴霾中的我带来了希望，
第一次见面
　　　我甚至还不知道她的姓名，
只是认识她胸前别着的那枚
　　　"江南村镇银行"的徽章……

她让我知道了
　　　那是我们自己的靠山，
一家充满关爱的"平民银行"
面向"小微"服务"三农"，
他们用心为老百姓
　　　架设着一座座通向富裕的桥梁。

终于渡过了一道道难关，

终于迎来了
　　一篓篓螃蟹膘肥体壮，
而今我对未来更充满信心，
幸运之神让我
　　在致富的路上神采飞扬……

阳光春风

——献给张秀成老师

眼角流露出微笑,
身段浸透着善良。
您和蔼可亲润物无声,
是孩子心中奶奶般的慈祥。
您,是一抹阳光,
把温馨洒满课堂……

困难会请您援手,
喜悦愿与您分享。
您举手投足干练儒雅
是同事眼里大姐般的担当。
您,是一缕春风,
在校园永远荡漾……

无 花 果

知青农场的小溪边长着一簇不起眼的小树,曾经的知青朋友告诉我,她就是"无花果"……

春雨催芽,
秋来也会枝叶枯黄。
无人注目,
它也在悄悄的生长。

司空见惯,
谁会留下丝丝暇想?
没有花开,
谁会期待果的芳香?

绿的叶,绿的果,
也曾一起装扮春的娇媚艳妆。
果似叶,叶隐果,

相约结伴，也在为树下的小草遮阳。

当枫叶被染红秋霜，
它会走向成熟还是面对衰亡？
……蓦然回首，
却让我领略它朴质与坚韧的力量。

无花果　插图
罗虹明　盐城市美术家协会会员

希望小镇

是新中科技,
还是世贸天阶?
是丰盈锂电的投产,
还是新能源汽车
　　刚刚驶下流水线平台。

韩国科尔无人机?
还是研发成功的芯片模块?
是因为期盼,
还是原本就孕育着未来?

一群充满激情的中国比尔,
五星红旗下新的又一代。
是他们每个人心中的那团火,
也是小镇人的梦幻与胸怀。

"印象康桥"的印象

家乡小城有一个冠名为"印象康桥"的小区……

是痛惜先生的离开,
还是呼唤先生轻轻地归来?

满满欧陆风情的小区庭院,
还有这镌刻着您
　　曾经魂牵梦绕的铭牌。

好想寻觅先生的足迹,
好想追寻您的洒脱与豪迈。

只是不知天空里,
凄美、炽热、执着,
　　哪一片才是陪伴先生的云彩?

天边湖联想

西团镇西郊,市民休闲公园里,牌坊、石雕、曲桥长廊,四季如春,名曰"天边湖"。

想你的时候,
你在天的尽头,
好想化成一朵白云,
绕在你身边转悠。

念你的时候,
你在我思绪的那头,
好想变身一缕飞絮,
粘上你的衣袖。

梦你的时候,
你却又没在里头,
寻你,寻你,

只留下丝丝闲愁。

不在老家的村口，
也没在湖边逗留。
满眼名人遗迹
　　　花红柳绿，
还有湖面波纹依旧……

岁月寻踪

岁月苍苍路几愁？
征程渺渺度春秋。
年年宏愿舒雄志，
步步平庸苦作舟。

插图　杨艺庆

书法 周湘美 中国书法家协会会员

岁月苍苍路几愁
征程渺渺度春烁
丰丰宏愿舒雄志
步步平庸岂作舟

壬寅荒月辞宏程先岁月辞梦诗一首 一樵

书法 王赴征（一樵）
江苏省书法家协会会员
盐城市大丰区书法家协会副主席

致我的中学老师

诵读 李元祥

五十年前的那个金秋,
我们走进了您的课堂,
一群懵懂的孩子,
追求知识也追逐阳光……

刚刚经历了大饥荒的考验,
父母还在为生存奔忙,
我们已经非常幸运,
虽面露菜色
　　但依然憧憬着未来的辉煌……

我记得早晚薄粥就咸菜
常听到自己的肚子咕咕响,
我记得中午半盒老米饭,
下饭的也是不变的咸菜豆腐汤……

我记得教室前面的讲台上

老师您虽略显文弱却器宇轩昂，
　　您总能旁征博引字字铿锵；
我记得您是那么不苟言笑，
见到您我总是有点儿紧张……

您能记得是谁常标新立异
总喜欢搅动原本安静的课堂，
您还能记得是谁的眼睛
总是瞟着前座的
　　那位长辫子同窗？

您不会知道
那次是谁藏起了
　　班上的点名簿。
您也不会知道
又是谁总爱把水盆
　　放到宿舍的门框上。

您能知道每天晚上熄灯后，
我们宿舍睡谈会上谁在当主讲。
您却不会知道
　　学校食堂前挂着的那块咸肉，
又是谁拿去烧了一锅鲜美的汤……

您还记得厕所前的蟠桃园吗？

当年的那几位学生领袖
　　　也常悄悄地去那儿赏光。
您还记得那张
　　　投诉食堂的大字报吗？
又是谁把它贴到了学校会堂
　　　也兼着饭堂的大门上……

还记得在公社剧院的舞台上，
您的学生们演唱的《红灯记》
　　　操的是一口纯正的京腔。
还记得毕业那天的第三节课
您让班长发来的那份讲义，
　　　散发着的是让我们
　　　　　最早闻到的古文墨香……

您的学生走进了广阔天地，
也走进了绿色的军营
　　　和沸腾的工厂，
也许是命运的安排
　　　还有对您的感佩，
我也选择了和您成为同行……

我们走进了时代的大熔炉，
我们在阳光下一步步迈向前方，
我们在各自的岗位上奋力拼搏，

虽历尽磨难但我们依然坚强。

虽然年代已经久远，
可我总觉得还是昨天的时光……
如今您的学生都已年过花甲，
而老人家您的笑声
　　还是像当年那么爽朗……

老师您好，
请原谅您的学生
　　这么多年来很少去把您看望……
老师您好，
您的学生祝福您
　　永远快乐永远健康！

2015.09

注：诗中我尊敬的老师赵仿模先生已于2018.01.08逝世，享年87周岁。先生德高望重，治学严谨。他老人家永远活在我们的心中。

献给母亲的寿礼

诵读 张建国

  今天是2012年11月9日（农历壬辰年九月二十六日），是母亲八十岁生日。我们兄妹在此谨备薄酒一杯为我们平凡的母亲祝寿，衷心感谢母亲的弟弟、我们兄妹的娘舅陈德喜先生和他的全家为我们母亲置办的如此丰厚的寿礼。谢谢！

  衷心地感谢各位亲朋好友的光临，向你们道一声谢：谢谢！谢谢了！

  人称六十花甲，七十古稀，八十仗朝，九十耄耋，百岁期颐。今天就是我母亲仗朝之寿。

  我这里有一首小小的白话诗，严格地说其实也不能算是诗。但这却是我们对父母双亲的一份真挚的爱，也是我们献给母亲的寿礼。感谢老人家在那么艰辛的环境里把我们兄妹养育成人。

人道七十古来稀，家慈仗朝今夕至。
儿行千里母担忧，纵儿花甲也依依。

六十年前家寒贫,膝下添长忧亦喜。
忧衣忧食忧盘费,更忧来日可顺遂?

十数年间添弟妹,五子登科增喜气。
只是负担日日重,含辛茹苦更心悸。

晚来虽已不见天,天色未明又下地。
寒冬腊月少三餐,菜坯豆粕难下咽。

国难家贫时世艰,百姓生活苦凄凄。
而今后辈当笑谈,当年何处不如此?

坎坷人生从前事,苦尽甘来终有时。
太平盛世人太平,衣食无忧享朝夕。

家父为吏数十载,宽厚待人无怨言。
如今八十又三岁,一念向善仍依然。

慈母身板更硬朗,走路生风胜儿辈。
照顾家父极尽责,儿女受惠不受累。

自身不忧忧儿女,常给儿女敲警铃:
"自由平安最可贵,莫叫身外惹是非。"

良药苦口利于病,长辈叮嘱当铭记。

百年人生非坦途,自我把握度艰险。

今日慈母八十岁,膝前儿女都来齐。
一杯薄酒敬双亲,千万恩惠杯中寄。

不论儿女常待慢,不论平时少在意,
天下父母爱儿女,开开心心享天年。

  这是我的心声,也代表我们兄妹五人向两位老人表达我们最诚挚的感恩和祝福。祝福二老健康长寿,幸福美满!
  恭祝光临母亲寿宴的亲朋好友健康快乐,心想事成!
  请各位长辈和朋友们一起举杯
  ——为我的母亲祝寿:干杯!
  谢谢! 谢谢!

罚　跪

诵读　倪志勇

在父亲90岁生日之际，铭记并感念父亲的身传言教。在我的记忆中，这次被罚跪是父亲对我唯一的一次责罚。

（1961年春）
几间土坯垒成的草房，
两扇带有雨板的小窗，
这是20世纪60年代初，
苏北农家标配的华堂。

窗前那张老式的梳桌，
是母亲娘家陪送的嫁妆。
梳桌右边的抽屉，
却一直被父亲紧紧地锁上。

父亲的抽屉里藏着什么？
把我琢磨得头昏脑涨：

是哪吒的风火轮？
还是行者的金箍棒？

记得那个星期天上午，
闲得无聊的我突发奇想，
先轻轻取下左边的抽屉，
再把手伸到横档的右方。

最先抽出的是一叠信纸，
然后拿出的本子上
　　记载着的好像是什么账？
这些我都不感兴趣，
不过一张十元大钞
　　却让我欣喜若狂。

装着什么也没有发生，
我悄悄把大钞带往学堂，
一下子为之轰动，
连高年级学生
　　也簇拥到我的身旁……

我晚上放学回家，
被罚跪在家神柜前方，
愤怒的父亲举起大手，
几次要落在我

原本就没有多少肉的屁股上……

年迈的奶奶心疼长孙,
父亲也不便对奶奶顶撞,
虽没怎么受皮肉之苦,
但恐惧却让我从此不敢再张狂。

昏暗的煤油灯下
父亲苦口婆心语重心长。
一下子我好像长大了许多,
从此再也没有被责罚和惩杖。

日月跨过了半个多世纪,
过往的画面也早已淡忘。
父母是我坚韧的靠山,
你们的健康快乐
　　　就是上天对我最大的褒奖。

2019.12

　　注:在20世纪60年代初,每个劳动力每天的工分值只有几分钱至一毛多钱,10元钱是当时最大面额的人民币,也已经是一笔可观的财富了,是当之无愧的"大钞"。

圆　梦

——谨以此献给年轻的幼儿教育工作者

诵读　罗　兰

带着儿时的憧憬，
带着梦中的期望，
不为宏大的抱负，
也不想千古流芳。

为了圆梦，
我走进繁华的都市；
为了圆梦，
我要给自己插上翅膀。

可是我也曾想改变初衷，
我也曾在莫愁湖畔彷徨……
在见习的那个幼儿园里，
我见到——

是孩子们热切的目光。

多像大海里的航标啊,
我猛醒,
不再迷茫。

告别城市和高楼,
告别师长和同窗;
收拾起自己的行装和犹豫,
我又回到了
　　　这块生我养我的地方。

记得第一天上班,
园长把我领进小班的课堂,
迎接我的
是一群泪眼娃娃鼻涕郎。

他们好像是在比试——
　　"看谁的哭声更响"。
哄吓诈骗、许愿发糖,
可他们谁也不买我的账。

没有了一点点主张,
我的眼泪也奔上了腮帮。
你费尽口舌抑扬顿挫,
他摸头摸脚东张西望。

才几天下来，
我就头昏脑涨，
哪里还有指点江山的勇气，
哪里还有激扬文字的豪爽？

放学以后，
大姨帮我把教玩具排放妥当，
公开课前，
小姑教我
　"怎样才能不那么紧张？"

体操房里，
汗珠随着舞步飞扬，
风琴键上，
激情伴着音符流淌……

我和孩子们一起游戏，
孩子们和我一同歌唱，
终于，我们成了朋友，
把所有的快乐一起分享。

春天里，
我们一起放飞风筝和梦想；
夏天里，

我们一起寻找智慧与荫凉。

秋天里,
我们一起收获果实和欢畅;
冬天里,
我们一起追逐温暖和阳光。

家长的赞许,
那是对我的肯定和褒奖,
孩子的笑脸,
那是我最珍贵的金质奖章。

妈妈埋怨
"疯疯癫癫、没个大人样",
园长点头
"是个称职的孩子王"。

我愿是园丁,
用自己的滴滴汗水
　　去播种新时代的希望;
我愿做渡船,
送出的是人类的未来,
　　迎接的是共和国的栋梁。

我愿为红烛,

用自己的全部热情，
　　　把孩子们的前程照亮；
我愿作人梯，
用自己的人格和智慧，
　　　去托起一轮轮明天的太阳……

我爱我的这一份工作，
我爱我儿时的这个梦想，
我愿以终身的承诺，
去编织我人生的辉煌……

1996.09

寻 觅

(电视剧《娘妻》观后感)

总是在追寻，
撞上南墙不知返。
总是在忽略，
伤心肺腑不心寒。

苦苦恋着的，
依旧是意尽阑珊。
紧紧粘着的，
却又冷漠倍感烦。

问"情为何物？"
真把什么都看淡？
可"生死相许"
谁又有正确答案？

山泊思英台，

千年凄美令人叹。
后羿恋嫦娥,
愿化玉兔赴广寒。

你祈求今生,
今生缘尽搁浅滩。
她期盼来世,
来世就能无所憾?

有缘已无分,
咫尺天涯牵手难。
异想天会开?
苦苦追寻路漫漫。

中 秋

月儿圆圆
月儿圆圆在中秋,
那年今宵
风清月朗并肩走,并肩走……
走到天涯海角去,
海枯石烂不分手。
走到天涯海角去,
海枯石烂不分手。

月儿圆圆
月儿圆圆又中秋,
又是今宵,
风清月朗仍依旧,仍依旧……
当年月儿今犹在,
不见故人来牵手。
当年月儿今犹在,
不见故人来牵手。

一个中师生的感慨

诵读　陈亚平

辞别了八年的中学讲台，
走进了中等师范的课堂，
老师是我过去的学生，
她第一次给曾经的班主任上课
　　还是有点儿紧张……

这是一段曾经令我
自豪也有点尴尬的经历，
这是一段
值得我深深怀念的时光……

我们的同学中
有了许多的爸爸妈妈，
而我们的不少老师
却彼此正诉说着未来的地老天荒……

这群将要逝去青春的织女牛郎，

抛妻别夫来刺骨悬梁。
面对来之不易的机遇
贪婪地吸吮着知识的乳浆。

晨曦中池塘边的垂柳，
听惯了大男大女们
　　　宋词元曲的吟唱。
图书馆大楼里最晚离开的，
总是这群
　　　早已不再年轻的大叔婶娘。

这位两个孩子的母亲，
终于记起了自己
　　　还不怎么理解的公式
　　　　　和叫什么曲线的模样……
那个有着些许白发的大叔，
又总是喜欢
　　　在夜深人静的时候，
　　　　　痴痴地向厕所借光……

毕业了，
我们再次走进了熟悉的课堂，
也还是那样的努力，
把每一节课都当成
　　　决定自己命运的考场。

很多人成为各级名师，
更多的已变身为主任校长，
即使依然是普通教师，
那些家长总盼着
   能让自己的孩子
      坐进我们的课堂。

无暇顾及自己的儿女，
只是让他们自由地成长。
农村老家的责任田，
也常常让我们力不从心踉踉跄跄……

我们很是欣慰，
也常常遭遇惆怅，
还有一点小小遗憾：
中师生的学历总让人脸上无光。

大专本科计入工龄，
而我们只能被凉在一旁。
"工龄必须扣除两年"，
层次不同命运也自然两样……

其实我们也很知足，
不就是待遇不太一样？
等到将来去那个世界，

谁会计较你二年工龄又有多长。

如今我们都已经退休，
没退的离退也时间不会太长。
趁着还没有太老的时候，
想啥干啥，别辜负了上天
　　赋予我们这代人
　　　　不一样的豪情万丈……

2015.02

省　亲

诵读　倪志勇

诵读　罗兰

当年从祖国四面八方来上海农场和大丰农村插队的部分知青，在2019年1月19日下午静悄悄地入住了新词大酒店。他们组成了"大丰知青50年省亲团"，分乘多辆旅游大巴，于20日早上八点，从新词大酒店出发，到自己的第二故乡观光旅游，同时也看看曾经扎根近十年的那个穷乡僻壤……

揣着思念的情愫我们走来，
披着夕阳的余晖我们走来，
从西单、陆家嘴
　　从西雅图、吉隆坡，
从地球的角角落落
　　我们相约一起走来。

……

五十年前那个清晨，
车站上锣鼓喧天张灯结彩，
"上山下乡，
　　到祖国最需要的地方"，
刺骨的寒风
　　　却无法平息我们胸中的澎湃。

告别总喜欢絮叨的娘亲，
告别老宅前经年不变的市街。
终于能避开
　　　街坊们如炬的目光，
牵着手我们步履更是轻快。

踏上这满是盐霜的土地，
改天换地是我们这代人
　　　誓言不变的情怀。
我们来了，我们来了。
我们一腔热血走向未来。

第一次走进乡野，
辨不清是韭菜还是小麦。
第一锅稀饭沸了，
你拼命地压住锅盖。

第一次水利工程，
挖断了锹柄的手
　　　尴尬地不知道往哪摆。
午饭前肩上沉重的泥担，
更令我满眼金星步步难耐。

那个治保主任猥琐的余光，
总喜欢瞟向女知青鼓胀的襟怀，
贫瘠、繁重、迷茫、无助，
清纯时常会
　　　遭遇粗俗与淫邪。

命运总喜欢开开玩笑，
让我们领略到
　　　生活不是只有诗的风采，
与理想碰撞的也不只有火花，
还常常伴有辛酸和无奈……

"滚一身泥巴，
　　　炼一颗红心"，
总期望艰苦的磨练
　　　能使我们早日成才。
把城市的时尚带进乡村，

让乡下的姑娘小伙
　　　知道了外面的世界更精彩。

戊午年严冬里的一场春风，
把有形无形的桎梏吹开。
参军、上学、进厂、贩菜，
沸腾的城市
　　　向我们敞开了胸怀。

车间里我们和图纸较劲，
为自己
　　　也在为祖国的明天添彩。
校园里我们如饥似渴，
要把虚度的年华找回来。

当年进城换粪、竹川送差，
我们背纤拉船似牛步前迈。
如今自驾出游、尊享高铁，
我们体验着一日千里的欢快。

曾经的憧憬
　　　让我们慷慨豪迈，
憧憬的未来
　　　让我们更加期待。
曾经的艰辛

让我们更珍惜迟到的机遇，
曾经的磨练
　　让我们更自信地面对世界。

五十年前的昨天，
是那一浪大潮把我们卷来。
五十年后的今天，
相约在这里慰藉彼此的眷念
　　洗涤我们心灵的尘埃……
　　　　　　　　　　2019.02

　　注：20世纪六七十年代，农村极少有机械，运送物质只能依靠用竹篙撑船或人力拉船。

　　送差：为水利工程运送工棚材料和民工给养。

　　背纤：沿着河边用人力拉船。

致敬阳光男孩

因为一首《省亲》，
我领略了你的阳光。
因为一个"背纤"
我见识了你的学养。

一个已经逝去的年代，
一段不可逆转的过往。
能够理解她的，
我以为只是生活的
　　积淀与岁月的沧桑。

虽然只是情景描摹，
虽然只是方语土腔。
因为真的肤浅，
因为我懒得去推敲思量。

浮躁是对学问的侵蚀，

也让我"背牵"变得如此牵强。
假如再严谨一点，
也不会弄得贻笑大方。

你的犀利让我惊诧，
一位男孩竟如此的洞察透亮。
谢谢你,阳光男孩
你让我对你充满感激和遐想。

我能想象，
你多爱在浩瀚的书海里徜徉。
我能想象，
你的未来一定充满阳光

向晨曦致敬，
不是因为我已临近夕阳。
向未来进发，
才是我不变的追求与向往……

2019.05

困　惑

诵读　罗　兰

曾经是"太阳底下最光辉的职业",
曾经让我引以为自豪。
曾经憧憬老了散步的时候,
迎面而来的姑娘
　　恭恭敬敬地打声招呼——
　　　"老师您好"……

敬仰老师的博学多才,
感佩他们的儒雅情操,
儿时就立下鸿鹄之志,
期望未来我也能和他们
　　肩并着肩的走在一道……

读书时我格外卖力,
每次考试后
　　同学都对我把拇指高翘:
虽不次次一枝独秀,

可也常常名列前茅。

终于成了一名教师，
终于能和孩子们一起打闹嬉笑，
我庆幸赶上了美好的时代，
我庆幸能为人类的进步
　　奉献上自己的一份辛劳。

追逐前辈先贤，
我总想把每节课上得更好，
效法行知先生，
我努力去把教育的真谛寻找。

……

曾有几时"现在教师只想钞票"，
什么"白天上课没招，
　　晚上去忙家教"……
朋友圈里的骂声让我委屈，
我不知道怎样才能平复
　　心中这挥之不去的焦躁……

我想告诉你，朋友：
在我们的队伍里
　　这样的人其实也很少。

那不是教师的主流，
他们也会收到必须付出的
　　　代价或随时解职的警告……

朋友，我是教师，
可我也需要柴米油盐
　　　也有家务琐事要操劳。
我也有子女要抚养，
我也有老人要去尽孝道。

我也追求美好的生活，
我们也期望能更帅更俏。
苦行僧会磨去我们爱的激情，
现代科技带来的改变
　　　我们也真的非常非常需要。

也许，有时我也会有点小错，
但那不会妨碍我
　　　对孩子的责任和正确引导。
也许，我会让您有点小小的遗憾，
但还是会让您觉得教师这个群体
　　　依然值得社会敬重与称道。

别指望我什么都能，
别期待我无瑕的美好。

对于我的不足我当然要努力
但拜托您能理解包容
　　还有别忘了对我真诚的指教。

不可能都是道德模范,
那样会让我诚惶诚恐
　　忧郁的阴云也会时时把我笼罩。
要没有一点点瑕疵,
　　朋友,我真的做不到……

2019.10

修 养

因为
我也曾为老师，
所以
我能够理解。
在利益面前，
你不能为自己辩解。
唯有这种职业成为道德标杆，
你还可以处之泰然，
这
　　——是一种修养。

守 候

漫步在你曾经熟悉的村头,
仿佛
  微风在牵动你飘逸的衣袖。
梦里
  也没有久别重逢的炽热,
一如当年
  你还是风采依旧。

时光
  匆匆走过那么多寒暑,
岁月
  无法抹平心中的怨由。
木讷
  让我失去魂牵梦绕,
寡断
  使我又错过天长地久。

多想陪你
　　　看日月星辰,
多想伴你
　　　度冬夏春秋。
多少年了
　　　也还是昨天,
可寒霜早已爬了我满头。

又是一轮中秋明月,
又是一次难诉离愁。
依旧,依旧,
依旧只能在梦里守候……

梦

浪漫,属于诗人,
还是属于情人？
浪漫,属于对未来的憧憬,
还是对逝去的追寻……
我的梦,
不是诗人的梦,
而我却是梦中的诗人。
请别笑话我的傻帽,
我以为只是纯真。
只是早已过了那个年龄,
才会让你错愕,
以为遇上了
穿越时空的说梦痴人。

挥 手

梦,总归是梦,
梦总有醒来的时候,
梦的美丽也还是美丽,
只不过留在梦里头……

没有对未来的承诺,
不能站在你的身后,
在你说感到累的时候,
其实就已是尽头。

该放手了就要放手,
无论是冬夏还是春秋,
该放手了也只能放手,
放手又能奈何?

再见,曾经的每天问候,
再见,也该有一次潇洒地挥手……

题照《人间雪狐》

你是蒲松龄的女儿?
你曾在《聊斋》安家?

清新飘逸,
如仙子尽染芳华。

活力四溢,
似白雪洁净无邪。

好想不再回望,
无奈意乱心花。

只怕心随风去,
从此浪迹天涯……

孤　叶

　　　冬天终于来了，可院子里的枝头上还孤零零地挂着一片快枯萎的树叶……

临近寒冬岁末，
明知道坚持不了多久。

这片行将枯萎的树叶，
孤零零在枝头拼命羁留。

早已失去昔日的艳丽，
早已被遗忘在记忆的尽头。

既然是命运的安排，
可又为何依然在等候？

在等待谁的怜惜，
还是没忘记自己
　　最初的那一份坚守……

说 梦

梦,
是憧憬,是希望,
梦是不断的追求,
梦是灵魂的导向。

梦,
人生在世,总有理想,
梦是美妙的彼岸,
梦是思维的翅膀。

梦,
文人的情怀,诗人的豪放,
安得广厦千万间,
天下寒士俱欢畅。

梦,
有梦人生,光芒绽放,
人生有梦何所惧,
我把晚霞当朝阳……

思　念

乌云吞没了月光，
寒夜把风哨吹响，
托个梦吧，
让我知道您在何方。

您可曾过了奈何桥？
您可曾喝了孟婆汤？
您是在地狱？
还是在遥不可及的天上？
您病痛时的坚强，
弥留时的无助目光……

平安夜里您可平安？
圣诞树下您可安康？
此刻，您为谁祈祷？
又是在为谁东奔西忙？
您平日里的慈祥，
孤独时的丝丝悲凉……

乌云吞没了月光，
寒夜把风哨吹响。
您在哪里？
爱您的亲人守在梦乡。

家国情怀

战士暮年雄志在,
晚霞常作晨曦待。
何须相顾迭嗟矜,
情系苍生也添彩。

插图 杨艺庆

闯出红尘

书法　潘卫东　江苏省书法家协会会员　大丰区书法家协会副主席

战士暮年雄志在，晚霞常作最曦。待何须相顾，置喙矜情系苍生，也添彩。

书法　尤　浩　江苏省书法家协会会员　大丰区书法家协会副主席

风雨同舟 我们是过命的朋友

——谨以此诗献给共和国暨人民政协成立70周年

诵读　张建国

经历了十四年的浴血奋斗，
和平重建的曙光刚刚露头。
善良的人们又哪里知道？
那个摇摇欲坠的王朝
　　　又一次挑起内战
　　　　　对共产党人和民主人士痛下杀手。

"反饥饿、反迫害、反内战"，
觉醒的民众再也不愿默默地忍受。
渴望新生活的学子与教授，
用热血争取属于他们自己的自由。

追求和平的李公朴倒下了，
共产党人又失去了一位挚友。
《最后一次演讲》的闻一多，
在血泡中发出惊天动地的怒吼。

孙中山"联俄联共,扶助工农",
为"三民主义"理想我们曾并肩携手,
北伐、抗战、
　《反内战宣言》、"12·1"惨案,
斡旋、争斗
　为和平建国我们风雨同舟。

民愿沸腾,民心所向,
团结在中国共产党的身后,
在《共同纲领》的旗帜下,
我们一起撑起了
　人民共和国的大业千秋。

面对五星红旗的召唤,
躲过百般的刁难、放弃舒适与优厚,
华罗庚、钱学森、邓稼先……
毅然归来没有皱一下眉头。

麦克阿瑟摇晃着脑袋,
把战火烧向鸭绿江桥头。
挂着星条旗的第七舰队,
在台湾海峡耀武扬威地转悠……

保卫新生的人民政权,
保卫来之不易的春种秋收,

奉献能够奉献的一切，
勒紧裤带与共和国患难与共
　　又何尝不是一种享受？

几个跳梁小丑，
几度冬夏春秋。
历史的车轮滚滚向前，
中华民族的脊梁不会腐朽。

改革开放的春风，
把一泓湖水吹皱。
经济建设的大潮，
给古老的国度又添了锦绣。

长期共存、相互监督，
参政党是伙伴也是诤友，
吐故纳新、刮骨疗伤，
剔除共和国肌体里的毒瘤。

百里之长的港珠澳大桥，
拔地而起的遍地高楼。
青藏高原上的天路，
在自己的版图上我们想走就走。

现代农业不再随天气叫唤，

忙碌的乡村如今已红花绿柳。
反季节果蔬走上城乡餐桌，
快乐的神仙自愧不如
　　甚至感到有点儿别扭。

"FT工业大脑"令人惊叹，
新能源无人驾驶汽车已上路行走。
"意念可控假肢"
　　给残疾朋友带来了福音，
日新月异的前沿科技
　　是我们值得自豪的成就。

一带一路、互利共赢，
共同富裕是我们的民族诉求。
做强自己、造福人类，
是我们为全世界
　　奉献出的琼浆美酒。

无须低估我们的意志，
无须闹腾得无止无休。
"一国两制"是最好的选择，
民族复兴是
　　我们两岸人民共同的追求。

做着独立的春秋大梦，

摇尾乞怜又能捞上几块骨头？
"台独""港独"还有什么独，
抱着别人的大腿都一样令人作呕。

刘洋姑娘要看望嫦娥，
乘我们的"神州"登上月球。
北斗卫星为祖国的安危
分分秒秒在太空遨游。

人造岛礁，
　　——不沉的航母，
每天都在把祖国的南海守候。
"东风快递"使命必达，
时刻警惕着"亡我之心不死"的禽兽。

不忘初心、为所当为，
甩开臂膀、撸起双袖。
同圆中国梦的重责大任，
就落在我们这一代人的肩头。

七十年荣辱与共，
七十年步步相佑。
一路征程、一路高歌，
我们志同道合
　　是一群过命的兄弟朋友。

致我同龄的兄长

诵读　倪志勇

您乃开国元勋的后代，
我是开荒农民的儿郎，
可我还是觉得，
您，只是长我半岁的兄长……

原谅我的冒昧吧，
也请原谅我的张狂，
原谅我的疯疯癫癫，
但我
　　　真的有和您一样的梦想……

您曾住过京城的大院红墙，
您曾和梁家河的
　　　乡亲们一起打谷晒粮；
您待过清华园的课堂，
您也曾睡过正定农家的土炕……

您的手上曾经有过的老茧告诉我，
您能知道
　　　缺衣少食的百姓会怎么想。
您一步一个脚印，
　　　坚实地从山野走进了庙堂……

我一直在静静地思索：
是什么给了您如此的力量？
我能知道，
您是要圆我们民族一个美好的强国梦想。

我知道，
您面对的是贪官们的诅咒
　　　甚至是死神的目光，
我更知道，
　　　您的心中是民族的伟大复兴
背后是亿万民众的铁壁铜墙……

面对露出牙齿的豺狼，
我们已经习惯了养晦韬光，
强盗们磨刀的声音，
又何曾叫停我们歌舞升平的吟唱……

一面是经济发展的巨大成果，

一面是社会现实的百孔千疮，
有的在醉生梦死中争艳斗亮，
还有的泪水在无奈地流淌……

礼义、廉耻、理念、信仰，
几千年的积淀和教养，
在拜金与物欲面前，
我们已经全面沦丧……

我敬佩您的勇气，
我敬佩您的担当，
我敬佩您的坚韧，
我敬佩您的刚强……

您获得了人民的拥戴，
人们甚至把您看作太阳。
您成了共和国的救星，
谁也无法遮挡您的光芒。

您的画像已在一些百姓家供奉，
一曲又一曲的赞歌在为您唱响。
我很欣慰也有点忧伤，
您任重道远又该如何
　　　让我们时代的巨轮远航……

勇于扬弃我们表面的繁华,
忍痛切除我们体内的癌疮,
您正在做的是我们想要的,
您将要做的也将是我们
　　　每个华夏儿女的孜孜梦想……

请原谅我位卑力薄,
请原谅我帮不了您什么大忙,
可在您需要的时候,
相信我
　　　一定会助威呐喊
　　　　　也会呼号鼓掌……

生在华夏

——写在壬寅金秋十月

朗诵　陈亚平
　　　季　平

我骄傲　我生在华夏，
960万平方公里物博地大，
300万平方公里海域无涯，
交相辉映
　　　构成了一幅天地间
　　　　　最壮观的巨幅三维画。

浇铸在青铜器上的
　　每一个纹饰，
隽刻在龟甲上的
　　一笔一划，
静卧了
　　2000多年的万里长城，
跳动在
　　敦煌石壁上反弹的琵琶……

去青藏高原
　　　领略神奇的天路，
到张家界峡谷的
　　　玻璃桥上打卡。
喂食黄海湿地滩涂上的麋鹿，
去拥抱长江黄河里的
　　　每一朵浪花……

松花江边
　　　晶莹剔透的雾凇冰花
漓江妹子的歌声
　　　映衬着桂林山水甲天下，
祖国的每一寸河山，
都在我的心中把根深深扎下。

我骄傲　我生在华夏，
吮吸着五千年来
　　　从未中断的
　　　　　历史传承和灿烂文化。
祖先的坚韧与智慧，
时时让我感受到精深与博大。

"青青子衿　悠悠我心"

"皎皎白驹　食我场藿"。
百家姓中的每一个姓氏，
都蕴含着无数动人的佳话。

唱一段《贵妃醉酒》
　　——余音绕梁的北方京腔
吹开了
　　多少票友怒放的心花。
来一曲《莺莺操琴》
　　——委婉动听的南国评弹，
更是我无法忘却的牵挂。

《兰亭序》
　　——"天下第一行书"
丹青墨韵妙笔生花。
《青明上河图》
演绎了大宋的市井繁华……

我骄傲　我生在华夏，
结集在镰刀斧头旗下，
一代代志同道合的热血儿女
百年来前赴后继横刀立马。

心心念念着先辈的夙愿
披肝沥胆
　　负重前行把汗水挥洒，
让亿万乡亲脱贫致富，
在小康路上一个也不给落下。

新冠疫情
　　让世界变得有点儿可怕，
650万人付出了生命的代价。
庆幸吧
　　生活在我们这样的国度，
——就该享受
　　这美好的晨曦和晚霞。

"天眼探空"
　　让梦想成为现实，
"墨子传信"
　　让我们信心叠加。
神舟飞船游走在浩瀚星空，
"东风快递"
　　守护着我们的春秋冬夏。

我骄傲　我生在华夏，

我们有责任为她添砖加瓦。
民族复兴是我们共同的期盼，
无论是求学少年
　　　还是已退休的广场舞大妈。

宝岛上那几个
　　　不肖的余逆残渣，
总在梦想着
　　　分裂自己的国家。
跟随着大洋彼岸的强盗，
露出了一颗颗罪恶的獠牙。

面对
　　　呼啸而来的妖风浊浪，
我们筑起
　　　一道坚固的堤坝。
无论它怎样疯狂狡诈，
在经历过苦难与屈辱
　　　同仇敌忾的十四亿人面前
　　　　　终将不过是一段笑话。

走过百年艰辛的漫漫长路，
依然初心不渝温暖万户千家；

问天地茫茫之间

谁?

  能有这样的豪气与潇洒?

啊!

  ——我的祖国

    我的华夏。

追梦的路

诵读 罗 兰

一伙张牙舞爪的小丑，
一群露出獠牙的豺狼；
要重振早已破碎的霸业，
秀一秀过气路上的末日辉煌。

"中国人不吃这一套"
"没有居高临下的资格"你凭什么张狂。
谁给了我外交官如此底气？
哦——
　　我们的共和国正蒸蒸日上。

……

历经两次鸦片战争的摧残，
祖国已虚弱得百孔千疮。
曾一脚踹开大门的友邦，

打着文明的旗号又来明火执仗。

"华人与狗不得入内",
国人心里的血在声声叹息中流淌。
遭遇内忧外患和难挨的耻辱,
又传来凡尔赛宫里的强盗分赃。

克里姆林宫的一声炮响,
曾徘徊于欧洲的"幽灵"
　　　脱胎在法租界的居民小楼
　　　　　和南湖那一叶红色的画舫。
从此,灾难深重的神州大地,
终于升腾起未来的希望。

南昌起义、血染湘江,
遵义转折、长征北上。
二十八年的腥风血雨,
历史和人民做出了抉择:
　　中华人民共和国耸立在世界东方。

不甘心退出这历史舞台,
把战火烧向鸭绿江。
金达莱花下长眠的
　　　十八万三千儿女,

用血肉垒起一道铁壁铜墙。

在废墟上挺立
　　　七十年发愤图强,
从动乱中走来
　　　四十年养晦韬光。
埋起头走自己的路,
祖宗的智慧让我们
　　　夹缝中茁壮成长……

960万平方公里的土地,
把春天的旋律奏响。
不过,也有些不和谐的音符,
还是被卷进了
　　　历史前进的大海汪洋。

满载幸福快乐的列车,
飞驶在青藏高原的天路上。
世界最长的跨海大桥,
书写着中国智慧举世无双。

振兴乡村　消除贫穷,
人民的冷暖时刻挂在心上。
牢记使命　不忘初心,

百年前后的承诺都熠熠闪光。

鼓起的钱包不能扼制贪婪,
卑贱的微笑无法填满欲望。
面对敌机进犯,
英雄舍身
　　——"我已无法返航"。

落后挨打是永恒的真理,
拳头的硬度造就了流氓的嚣张。
大使馆被投下的五颗精确制导的
　　导弹就只是"误炸"?
朋友,您听又会做何感想?

文明外衣下丛林法则依然盛行,
一次次的屈辱
　　终于把我们的警钟敲响。
东风快递 南海种岛
　　西昌发射 北斗导航……
尊严,
　　需要无可替代的力量。

"颜色革命"从未走远,
幕后的老板还在撒着狗粮。

还有些不甘心寂寞的，
不过也难翻起多大的风浪。

历史翻开了新的一页，
今日的世界早变了模样。
一个强大的祖国，
是你,是我，
　　是我们中华儿女
　　　　世世代代的梦想。

好想对您说

诵读　陈亚平

就算甘为小弟，
也得人家老大点头。
就算曲意承欢，
睡榻之侧
　　又岂能容你长久？

还记得"银河号"
　　在印度洋的屈辱
撒下弥天大谎
　　他却不带一丝愧疚。
那个制导炸弹，
如何能精确地
　　"误炸"我使馆的大楼？

没有强大的实力
就只能逆来顺受。
忘不了的累累旧恨

又总要添上笔笔新仇。

一声道歉都那么吝啬，
实力地位就是那么牛？
信奉丛林法则的世界警察，
又怎么在乎
　　你的颜面与乞求？

跟着摇尾乞怜，
一勺残羹剩汤
　　还得谢恩跪求。
哪来的民族复兴？
又有什么未来锦绣？

你想和平发展？
他怎肯就此罢休。
能割全世界的韭菜，
你又凭什么想让他放手？

曾郑重许诺的白纸黑字，
多少年了又兑现几何？
挥舞起制裁大棒，
还需要什么理由？

惯于明火执仗登堂入室，

也长于道貌岸然偷鸡摸狗。
君不见，
地球上哪里不安宁，
　　　能少了他幕后的黑手？

他把你当成箭靶，
你就得与魔鬼相守。
他要置你于死地，
你只能勇敢去战斗。

纵然你自废武功，
也别指望他把你放走。
还沉浸在美梦里吗？
我那么"理性"的朋友？

相信我们的东方文明，
相信我们的选择更优秀。
在历史的交会之际，
我不能再听忽悠。

使命从心底呼唤，
烈士的鲜血不能白流。
中国共产党人的庄严承诺，
对得起人民的万代千秋。

假如我不再回来

——一位年轻护士致夫君的信

诵读 罗 兰

来不及道一声再见，
我已经背起行囊。
是祖国和人民在召唤，
也是热血在我的胸中激荡。

虽没有硝烟弥漫，
可手术台也是战场。
虽没有枪林弹雨，
可依然会面对死亡。

有谁能够想到，
小小病毒竟如此疯狂。
不是我表现高尚，
是不愿在两军对垒中选择投降。

假如我不再回来，

请不要为我悲伤。
告诉我们的儿子，
妈妈会为他
　　　每一个进步加油鼓掌。

假如我不再回来，
请不要为我悲伤。
告诉我的父母双亲，
女儿每天都会在祈祷
　　　祝福二老福寿绵长。

假如我不再回来，
请不要为我悲伤。
告诉我的公婆，
儿媳今生无悔
　　　来世再为他们端茶送汤。

假如我不再回来，
请不要为我悲伤。
告诉我的同事，
风雨过后到处都会是灿烂阳光。

也许不再有花前月下，
也许不能再为你披件衣裳。
睡梦中你给我一个热吻
我也会走得更加安详。

问

品尝黑不溜秋的东东，
能让你长生不老？
享用珍稀的果子狸，
可助你成仙得道？

难道不就是猎奇？
难道不是在炫耀？
炫耀你的财富丰厚，
还是权重位高？

那个海鲜市场，
凭什么如此狂傲？
市场执法的大爷，
是真的瞎了眼睛
　　还是有什么难言的门道？

没有谁先知先觉，

可尊重专业和科学有什么不好?
那几位医生的警示,
凭什么就该定性为造谣?

疫情的"可控"淡写轻描,
体现祥和的万人宴让人苦笑。
是认知上的差异,
还是花翎顶戴更重要?

为什么已决定封城,
可还是提前出逃?
为什么那么多人流蜂拥而出?
想想都让我头皮发麻心发毛……

问,黑云压城城欲摧,
乌烟瘴气何时消?
问,苍天可有擎天柱,
助我神力来斩妖?

举国同心力断金,
纸船明烛照天烧。
问,待到春暖花开时,
我们再举杯共庆好不好……

你 走 了

诵读　陈亚平
　　　齐　瑛

源于医生的专业和良知，
你，把病毒的预警最早拉响。
背上"不实言论"的重负，
你，把自己的委屈深深埋藏。

本该是一颗冉冉的新星，
本该有期待的前途无量。
心酸吗，
你，才三十四岁就如此匆忙……

笼罩着被训诫的阴霾，
顾不上世俗的目光。
没有告别妻儿与父母，
你，还是如此赶往了天堂。

你走了，

我为你流泪也为你忧伤。
祖国也在被你的真诚感动，
可也有人想借你做点文章。

在疫情弥漫的此刻，
我们又该站在何方？
国家民族和百姓的安危？
还是低俗谗媚的吟诵
　　　和心怀叵测的推波助浪？

面对瘟疫的蔓延肆虐，
我们每个人都会思量：
做点该做的，做点能做的，
不要辜负中国的"亚姆村"
　　　正在为人类传递的善良。

少点口水，多点善良，
无论是前线还是后方。
同仇敌忾，万众一心，
围堵病毒我们更需要坚强。

春暖花开总有时，
但道路依旧漫长。
该去的终将远去，
黑暗之后依然是灿烂的阳光。

等你平安回乡

——寄语大丰援鄂医疗队

诵读　陈亚平
　　　孙　玲

请战书上鲜红的手印，
会议室里阵阵的热浪，
剪去了心爱的飘逸长发，
又一支援鄂医疗队正在整装。

辞别泪眼婆娑的妻子，
辞别白发苍苍的老娘，
辞别一双年幼的儿女，
你们慷慨赴义奔向战场。

十六位圣洁的天使，
十六副火热的心肠，
在病毒肆虐的湖北黄石，
你们筑起守护同胞生命的屏障。

肩负830万盐阜人民的托付，

面对染毒患者的无助与渴望,
白衣天使的职业操守,
是你们一往无前的精神力量。

笨拙臃肿的防护服里,
你的汗水一次次浸湿了衣裳。
湿了干了,干了又湿了
忽而热得冒烟忽而又变得冰凉。

拖着疲惫的身子下班了,
不知道还是不是自己的那副皮囊。
扯掉沉甸甸的纸尿裤,
你一阵轻松也一阵无状。

饭菜还算可口却已无心品尝,
这时候什么都无意奢望。
明天还有明天的事,
我知道此刻的你
　　只求静静地睡到天亮。

听说有同事倒下,
总会感到一阵阵凄凉。
"医者仁心",
你来不及选择自己的生死存亡。

知道你重任在肩，
但面前的路还很长很长。
妥妥地做好自我防护，
等待你的还会有下一个战场……

你是我们的骄傲，
你是这一代人的榜样。
愿你们不辱使命，
高奏凯歌早日还乡。

疫情过后

诵读　张建国

驱散了瘟疫的阴霾，
迎来了春暖花开；
沉寂太久的人们，
迸发出泉一样的热烈和风采。

备好了佳肴和美酒，
备好了掌声与豪迈；
用我们的真诚热烈，
欢迎逆行的英雄们光荣归来。

踩着轻快节拍的大妈，
把大地幻化成舞台；
剪来了一朵朵祥云，
用碧绿和金黄妆扮漫天遍野。

溢出活力的靓丽小妹，
手指在键盘上猛嗨；

抹去昨天的烦躁，
用一笔一画码成欢乐的字块。

脚手架上的英俊后生，
对着蓝天诉说情怀；
一栋栋林立的高楼，
珍惜眼前更放歌美好的未来。

养殖场里的敦厚大叔，
辦着指头笑逐颜开；
面对二师兄们的憨掬，
饱含着是对明天的满满期待。

习惯了前段的宅家日子，
久违的忙碌顿觉开怀；
"下班后去馆子聚聚"，
推杯换盏让我们激情澎湃。

鼠年的春天就这样降临，
大街上重现着人潮往来；
深深地吸上一口空气，
每一升里都弥漫着浓浓的爱。

逆行中的羊肉汤

诵读　张建国

　　王富安，男，68周岁，退伍军人，共产党员。为生计自备有厢式货车帮人运货，春节期间先后四次义务为湖北疫区送货，一路上只能以超市食品果腹。2020.02.05在往疫区送药的路上，好不容易看到一羊肉粉丝店。大喜……

没有值得让人羡慕的职位，
没有按月可领的薪饷，
因为替雇主送货，
耽误了回家过年的一点点希望。

令武汉封城 让全民紧张，
那个"冠状病毒"肆虐疯狂。
年近七旬的汉子，
在疫情弥漫的路上艰难地来往。

因为要拒病毒于辖区之外，
回乡通道的栏杆不愿对你开放。
不想为老家添堵，
只好在卡车上四处游荡。

曾经在人民军队里接受洗礼，
曾经在斧头镰刀下宣誓入党。
祖国在难中该做点什么，
才能不辜负自己的热血心肠？

从江苏泰州到广西济州，
南京、北京，西去东来南下北上。
五进湖北义务运送防疫物资，
是你一个共产党员退伍军人的担当。

沿途饭店因防疫闭户，
原本平常的饭菜早成幻想。
驾驶室当家座椅作床，
又有谁知道你的辛劳与沮丧？

难得的一碗羊肉粉丝汤，
顷刻成了你的盛宴琼浆。
有苦有乐有闲有忙，

就是自食其力的憨厚老王。

在生意没有着落的时候，
少了收入也觉得意乱心慌。
此时你在湖北又呆了五天，
只是在期待明天的太阳……

当民主成为强权的奴仆

谁人不说民主好,一人一票最公道。
西方自诩最民主,人权大棒挥得高。
处心积虑打与拉,游行示威上街闹。
居心培植反对派,兄弟阋墙他偷笑。
天下大乱谁得益,世人不语心明了。
东欧苏联成故事,南斯拉夫科索沃
无中生有查核化,伊拉克遍野神鬼嚎。
战乱留给老百姓,石油资源装腰包。
利比亚民众血未干,残垣断壁处处倒。
近闻西方又鼓噪,叙伊将迎硝烟到。
联合国制裁搞投票,众多肖小附强豪。
煮豆何必燃豆萁,唇亡齿寒求天道?
即使兄弟称老大,何苦时时做强盗。
民主自由当招牌,西方民主真有道?
世间何处真民主,弱小永远得不到。
面对强权想说不,唯有强大才可靠。

栖居追梦

退休时光任疏顽,
半日纷纷半日闲。
拾得儿时黄纸片,
寻章摘句慰苍颜。

退休时光
插图 杨艺庆

退休时光任踟蹰，当日纷纷半日采拾得晃眵，黄纸所寻章摘句慰苍颜

王宏楷诗一首 瞳锁书

书法　王瞳锁
国家一级书法师
盐城市大丰区诗画社副秘书长、区书法家协会副秘书长

回顾与畅想

——献给2020新年笔会

诵读 倪志勇

2019,您的脚步,
总喜欢这样匆忙,
猛一回首,
才知道您已成过往。

还记得冰冻尚未离去,
您的时钟才刚刚敲响,
是书法家们"助力暖冬",
用春联陪您
　　迎来新年的第一道霞光。

移步西郊寻香,
红梅黛瓦映衬着雪一样的粉墙。
那一众骚客摄友,
最爱在缠绵的诗意里徜徉。

新词牡丹厅,
社员代表会掀起阵阵热浪。
彼此心灵契合,
架起一道
　　交友交心交流的桥梁。

郁金香飘云淡天长,
异国风情花海荡漾。
摄影吟诵诗书画,
艺术家们的灵感在瞬间绽放。

"走进北上海 讴歌新时代",
这里曾活跃着八万多
　　来自上海的小伙姑娘。
"宇之声"一段声情并茂的《省亲》,
勾起了我们
　　对青春的记忆与遐想。

"欢歌70年 激情谱华章",
我们用心灵为共和国点缀盛装。
诗人与吟家联手,
把对祖国母亲的挚爱唱响。

"壮丽七十年 奋进新时代",
"庆祝新中国暨人民政协成立

70周年书画摄影展"

  在美术馆开张:

麋苑鹿踪,田园草荡,

行云流水,翰墨飘香……

清新飘逸的蝇头小楷,

意草新风 劲健古质、

  挟左江之风的狂草纵横苍茫。

《岁寒三友》

  《春之花海》《盛宴太行》……

26件作品进省入市参展登场。

更有《秋染鹿苑》

  《雪夜求知》《翻晒新粮》……

是老市长和他的同行,

用镜头把大丰元素,

镶嵌进中国艺术宫(艺术节)的殿堂。

无论"名家风采","光影世界"

还是"老笔生花","书画长廊"

《诗画大丰》微信平台,

  就是我们追逐的诗与远方。

为大丰文化拾遗补缺、增节添章,

留下我们时代的印记与欢畅。

2018《诗画大丰年鉴》,
才出炉便获得众多认同与鼓掌。

《大丰诗草》刊行三十余载,
冯其庸教授题写书名令人慕仰。
彰显卯酉文化的底蕴丰厚,
我们努力前行开来继往。

揣着家国情怀,
揣着执着与梦想。
助推"两海两绿"攻坚克难,
2020,
　　——已经启航。

我们拥有不竭的源泉,
我们拥有创新的土壤。
我们拥有对自己人生的期许,
我们要让燃烧的灵魂插上翅膀。

艺术是一种情感事业,
行至深处已近乎痴狂。
用心溶入时代的滚滚洪流
拥抱迎面而来的全面小康。

致敬 我的大上海

——献给出海口文学社2020年会

诵读 罗 兰

展现您不凡的风度，
敞开您宽阔的胸怀。
我来了
　　——我的出海口文学社，
我来了
　　——我魂牵梦绕的大上海。

曾经穿梭在
　　洋装与长衫中的报童，
曾经喧嚣在弄堂口小贩的叫卖，
曾经满大街的油纸伞，
曾经流连于百乐门的旗袍粉黛……

一段令人心酸的记忆，
一个早已逝去的年代。
那是黑白电影中的画面，

也是近百年前后的上海。

今天我来了,
我来体验陆家嘴金茂大厦的气派。
我来了,
我来体验东方明珠的傲人风采。

今天我来了,
我来感受南浦大桥雄浑的臂膀,
我来了,
我来感受虹桥机场飘逸的裙摆。

今天我来了,
我来领略大都会外滩的市街,
我来了,
我来领略文豪诗翁的豪迈。

我仰慕高山,
我崇敬大海。
我感恩命运的眷恋,
我感恩上苍的安排。

而我,我来自东方湿地
　　——麋鹿的故乡,
来自曾经荒芜的苏北。

来自"水浒原乡"的耐庵故里，
来自人潮簇拥的"荷兰花海"。

我来自八万上海儿女
　　　曾经落户的"知青农场"
来自"恒北梨园"
　　　美女作家们心头的挚爱。
来自"上海飞地"的大丰，
来自西郊梅苑800龄
　　　"宋梅"落户的卯酉乡野……

朋友：您是否会有点冲动？
是否愿意结伴组团跟我来？
我的文朋诗友，
我的高山大海。

走一趟曾经的"知青小街"吧，
喝一碗刚挤出的"光明牛奶"
住一宿当年的"茅草公寓"，
那是一代热血青年的心潮澎湃。

大丰会以自己的方式，
欢迎您的到来。
致敬，我的出海口，
致敬，我的大上海。

合肥新时代　教辅金品牌

——为合肥新时代教育考试信息中心题

（藏头诗）

合作创造和谐，**肥**沃孕育未来；
新鲜催生活力，**时**间遍布关怀；
代价终有回报，**教**育多出英才；
辅导再增生机，**金**边镶满讲台；
品质决定前程，**牌**铭更添光彩。

戏为启俊兄照题

同学启俊游绍兴,在中正先生故居前与先生的铜像握手留影,戏题以博同窗一笑。

启俊代表我党,
右手握着老蒋:
"国共还是联手,
别让台独疯狂"。

"故居虽已破落,
毕竟风清泥香,
怎比客居孤岛,
远隔海峡空望。"

启俊代表吾辈,
右手紧握老蒋:
"他日叶落归根,
欢迎先生还乡"。

致我的退休同学

敬重你，
因为你曾经是我们的骄傲，
敬重你，
因为你曾经
　　为国家贡献了青春美好。

我敬重你，
因为我认为你值得我敬重，
我敬重你，
因为我敬重我的良心
　　和久违的自豪……

也许你曾经位高权重，
可占据你心中的是
　　对工作和未来的思考。
也许你早已富甲天下，
可又帮我解决过几次温饱？

我们的人生中
　　　也曾遭遇过太多的困难，
可又能到哪里去把你寻找？

如今，
我们都已过花甲，
早已经没有了功利，
也不想投谁所好。
放下曾经的辉煌，
放下人世间的浮躁，
不再在意输赢，
不必再争高下。

我们已经不再年轻，
努力维护已经逝去的
　　　童真和宝贵的友谊吧，
我敬重你，
我珍惜你。
因为，
我们是同学
因为我希望
我们永远拥有
　　　一个魂牵梦绕的
　　　　　儿时的家……

再致我的退休同学

当初正值年少,有缘结为同窗,
四十余年之后,也曾重聚一堂。

上次相约新词,先生激情演讲,
今春弃我而去,孤身独上天堂。

晚霞千般美好,怎奈总伴夕阳,
我等也逾花甲,来日并不方长。

微信群里热闹,相互交流顺当,
有空常常冒泡,更添情深意长。

对于事物认知,差异当属正常,
请惜同窗之谊,切莫一语误伤。

同在大丰常住,但愿多点来往,
打牌品茗聊天,粗茶淡饭也香。

外地同学回丰,手机微信莫忘,
不求有多热烈,相见自然欢畅。

不管说过什么,并无利益相撞,
宏程在此拱手:不再理论短长。

见 证

——凯芳高飞白首奇缘

（藏头诗）

凯歌奏时正青春，芳心早随俏郎生，
高兄有志效疆场，飞身报国建功勋。
白日品茗渐生厌，首发异想辞印信，
奇案逆袭成美誉，缘来牵手还周君。

为亚平先生
《水调歌头·小街情远》点赞

其一
人好在德行,词美在意境,
何日能相邀?同度画里春。

其二
同志同道亦同趣,美文美图伴美声;
交织交融相交辉,晚年晚景吟晚晴。

化蝶之吻

起床翻看群聊,感悟局座新吻,
斗胆换个称谓,点赞一代情圣:

谁说你游戏花间
只识花粉
怎知你虽然化蝶
犹念前尘
她已成英台转世
你依旧山伯追寻
乍看千年两隔
终究难忘红唇
然两心相悦
又何惧倾情一吻
从此
连绵佳期
伴你终身

接应忠同学电话有感

日前,接到分别五十余年的初中同学陈应忠先生一通电话,颇有感慨

岁月最是无情,来日并不方长。
若能相聚聊聊天,也是美事一桩。

现在精力还好,更须珍惜时光。
如果等到十年后,又是一番景象。

就算雄心不减,行动也难保障
假如有人来相邀,还是尽力前往。

哪天回到老家,一通微信莫忘。
彼此相逢见一面,约上三两同窗。

泡上两杯清茶,回味儿时荒唐。
如果还能有兴趣,对上两局何妨?

扯扯陈年旧事,晒晒青葱时光。
聊聊闲言与碎语,叙叙里短家长。

不论邂逅邀约,都是前世珍藏。
时光不会再倒转,错过空留沮丧。

古稀已经招手,耄耋也在前方。
健健康康最要紧,莫误快乐夕阳。

赏 月

少时同学邀中秋赏月,恰逢细雨蒙蒙,又言各在自家,距远心近

谢君相邀共赏月,偏逢细雨绵绵稠。
仰望夜空寻不见?嫦娥正忙舒广袖。
村野溪边白须叟,总忆少时曾相佑。
举杯欲呕思新辞,回首依旧无故友。

题晁君心华美照一组

一

何惧母后天威,花海诱来众仙
莫非又逢董郎?唯憾独缺七妹。

二

红梅烟雨中,黛瓦映素墙。
扶腮倚窗坐,神游又思郎?

三

廊台凉亭梅山,一任细雨弥漫。
何处寻得佳句?湖边小径花伞。

四

老枝几经岁月,新苞初吐春光。
寒冰不欺梅子,隐石也添芬芳。

五

雨中影矇眬,岸边花争宠。
桥上人觅春,画里寻芳踪。

六

夕阳欲西下,佛塔映晚霞。
游人不思归,梅姑做东家。

七

华灯初放艳满天,疑是误闯凌霄殿。
夜幕才临梅花湾,湖中龙宫是倒影。

"缘"

世间一切皆因缘,缘分自有天注定;
定下心来多努力,力博今生修来世。

"情"说

（一）
亲情爱情友情，感天动地皆因情，
学友战友朋友，遇难相助方为友。

（二）
相遇是缘，相处是分，
阴晴圆缺总有时，何故常感叹？

相爱用心，相濡以沫，
人生不过数十载，随遇便能安。

父慈子孝，妻贤添福，
和睦融融享天伦，清贫也无憾。

相逢结缘，相惜成友，
坦诚相见不相欺，真情共患难。

丙申夏月初中同学会有感

2016年8月6日,我们66级初中同学近80人相约重返母校白驹中学,同聚一堂,重温当年学习生活的点点滴滴,倍感珍惜。遂以一联记之。

五十年前
　　青衫翠袖初相识畅谈人生理想,
半世纪后
　　华发苍颜重聚首追忆当年情怀。

听　蝉

夜已深,
人未静。
城边客栈,
游子孤身。
心归何处?
五更听蝉悄无声。

来自《美好时光》的一次趣聊

偶遇

数十年前曾同窗,半世纪后难相忘。
有心赠君红玫瑰,又恐老迈太荒唐。

文 / 王宏程

玫瑰

(《同学会偶遇》白话版)

好想好想,
送你一朵小小的玫瑰,
又怕把你惊吓,
普通朋友变成回忆。
一直深藏在心底,
让我时常一次次后悔。
而今都已老迈,
再不表白
又恐
  从此再没了机会……

文 / 王宏程

虽已花甲未老迈,玫瑰怀揣恋相爱。
琴瑟和谐畅悦处,花香情涌又重来。

文／王学海

几句白话发错群,引来学兄添雅兴。
为弟拱手再拱手,岁月无痕吟深情。

文／王宏程

自称而今已老迈,暗恋才女几十载,
手持玫瑰留余香,琴瑟未必能和谐。

文／陈维云

虽过花甲未老迈,吟诗吟情几十载,
花开并蒂相映美,谈不和谐乍道来?

文／陈志华

复群里好友诸君

错发几句白话文,惹得众君竞显能。
他日还乡莫绕道,一杯薄酒敬友人。

文／王宏程

即时点评

发了几句白话文,勾起昔日相恋人,
他日还乡就绕道,省得见面难为情。

文／王月辉

张家寅校长祭

诵读　张建国

　　张家寅校长，20世纪50年代末作为苏南支教苏北的青年，离开美丽富庶的姑苏，来到贫瘠荒芜的大丰，从事教育工作近30年，曾先后担任过白驹飞航小学校长，白驹中心小学校长，新丰中心小学副校长，也是我作为从教8年又重进课堂读书后，在1982年毕业后分配到白驹中心小学任教时的校长。张校长1993年退休后随女儿在苏州生活，2019年12月10日因心脏病不幸离世，享年82岁。

您就这样静静地躺着，
似乎只是休息片刻般的安详。
就没什么再嘱咐一句？
就不肯再睁开双眼望一望？

我在离您遥远的苏北，
这里也曾经是您的另一个故乡。

您曾经的属下
　　　还有淳朴的父老乡亲，
一刻也没有把您相忘。

还记得当年支教苏北？
还记得您和夫君都热血荡漾。
简陋艰辛的工作生活境遇，
更激励您的豪情与担当。

您是我敬重的长辈，
您是我们师生都敬爱的校长。
您曾是我们学校的灵魂，
您曾是我们的依靠和榜样。

在我们遇到困难的时候，
您让我们感受到背后的力量。
在我们取得
　　　那怕只是一点点成绩的时候，
您就像是自己中了大奖。

最爱听您批评的絮叨，
怎么听都是鼓励
　　　都是殷切的期望。
最爱吃您家的青菜卜页，
总是有一种

栖居追梦

那是我永远难忘的桂皮清香。

几次想邀您回一趟第二个家乡,
几次想到苏州去把您看望。
总以为来日方长,
可一次次都没有成行
　　而今却已断肠……

您把热血和青春
　　献给了耐庵故里,
您把智慧和一生
　　都献给了您的这个故乡。
我们在大丰遥送您最后一程,
愿您在天堂依然快乐
　　依然像从前那么豪放……

祭建华

　　惊闻曾一起读高中的陈建华同学，在京都女儿家上街买菜时遭遇车祸不幸离世。大约两三个月前他回老家看望年近90岁的高堂老母亲时，我们曾一起在荷兰花海畅叙，并相约来年郁金香花开时重回老家再叙。如今已阴阳两隔……

早说过年轻时
　　尽忠报国奉献国防，
早说过退休后
　　年年回家尽孝多陪陪老娘。
早说过
　　要趁着年轻多多走动，
早说过
　　根在故乡会常来往。

早说过
　　老家的饭菜最养人，

早说过
　　要在故乡置间房。
早说过
　　同学相聚你不缺席，
早说过
　　郁金香花开你再还乡……

你让弟妹出门多小心，
你让朋友行路谨慎别乱闯。
为别人你有操不完的心，
可自己又为何
　　事到临头就没了主张？

妻儿在等着你买菜回，
外孙在等着为你挠痒痒。
老娘她
　　望穿双眼盼儿归，
你却一声不吭
　　一声不吭又为哪桩？

这次你终于回了老家，
从此不再需要你走四方。
建华：
　　我的好同学，
你一路走好
你一路走好上天堂……

习诗断句

年逾花甲习词章，
每见群贤愧意长。
悔我儿时用功少，
今为平仄费周详

插图 杨艺庆

书法　朱忠来
江苏省书法家协会会员
盐城市大丰区书法家协会副主席

纪念张謇废灶兴垦100周年

山河破碎意阑珊,垂泪辞官挂印还。
废灶已经千处隘,拓荒又历万重关。
滩涂遍地金镶玉,沃野漫天绿隐寰。
笑看今朝新卯酉,往来相顾尽开颜。

书法：陈志华

张謇是清朝末代状元，也是中国历史上最后一个状元。他从小立志读书做官以报效国家，但中日甲午海战，大清海军几乎全军覆没，残酷的现实让他倍感无奈。1912年，孙中山建立中华民国，邀他担任民国首任农林工商实业总长，但国家内忧外患、军阀混战，人民衣不遮体、食不果腹的现状，粉碎了他的做官救国梦。由于学识、经历和对理想的坚持，他决定辞去官职，兴办实业，走实业救国的路。张謇在友人的支持下兴办了南通纱厂。1918年，为解决棉纱原料的供应困难，张謇等决定成立大丰盐垦公司，在沿海地区废灶兴垦，大量种植棉花。张謇在废灶兴垦过程中历经了千辛万苦，有一次去武汉募款时，因为己身无分文，不得不在街上卖字以赚取回家的路费。

这首诗的前四句叙述张謇废灶兴垦的重重困难。后四句叙述了百年之后的今天，变了样的大丰又是如此的美好。

山河破碎意阑珊，垂泪辞官挂印还。

（意阑珊：心灰意冷的意思。国家危亡、人民流离失所，我做这个官还有什么意思呢？不得不含着眼泪辞职回家了。垂泪：人哭的时候大都头垂下来，免得让泪水回流进眼睛里。挂印：把官印挂在那里还给朝廷。）

废灶已经千处隘,拓荒又历万重关。

(废灶:废掉原来烧盐的盐灶。拓荒:就是垦荒。隘:关口的意思。废灶垦荒的过程中遭遇了太多太多的困难,真可以说是千难万险,千辛万苦。)

滩涂遍地金镶玉,沃野漫天绿隐寰。

(当年的滩涂,如今在庄稼成熟的季节就像遍地铺上了黄金,也是说国家富强、人民富裕,全区旅游景点遍布,到处都是老百姓的绿色家园。寰:世界。绿隐寰:绿遮隐了整个世界。)

笑看今朝新卯酉,往来相顾尽开颜。

(卯酉:卯酉是大丰的别称,因大丰境内的主要河流卯酉河得名。再看看今天的大丰吧,人们在相遇相逢的时候都流露出满满的幸福,满满的快乐。)

重游潘园

己亥年三月三,春屏君邀诗社一众好友芳彩园踏青赏春,园内花团锦簇,竞奇斗艳,煞是美哉……

东君殷殷催令急,行者匆匆尤恐迟。
一树桃红凝朝露,满园柳翠摇新枝。
庭前玉蕊花含笑,屋后天香蕾弄姿。
最忆木楼初触手,总教情种沾芳痴。

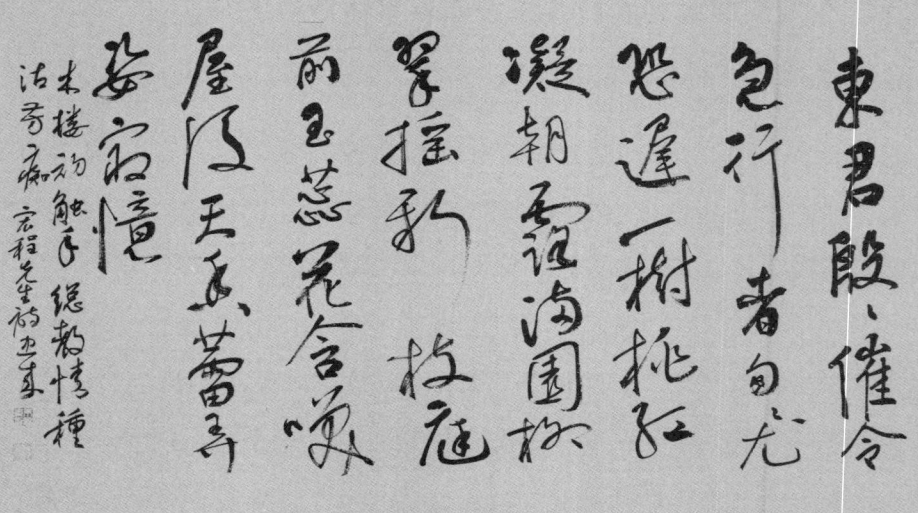

书法:朱忠来

贺芳彩园首届绣球花研讨会开幕

花农传令启盛会,白首红颜尽相随。
蜂声蝶影奏新曲,潘园绣球竞芳菲。

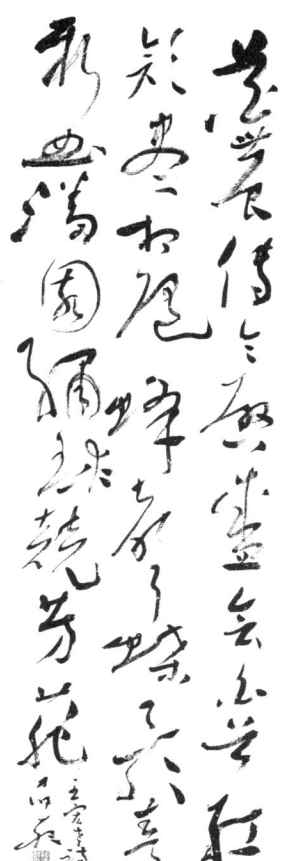

书法:程永祥
江苏省书法家协会会员、原盐城市大丰区书法家协会副主席

有感于杭兄古稀学诗

杭子古稀尊李杜,人生路上辟新途。
夜灯悟道吮甘露,更鼓随缘落蚌珠。
若使晚霞亲酒市,便于朝霭近鸿儒。
能蒙红袖添香袅,百尺竿头拜小姑。

咏蝶三题

其一

穿红着绿花间行,恋香逐艳早成瘾。
恰逢得意须尽欢,莫把风情负篱槿。

其二

不惧当年化为灰,献身火海仍未悔。
只缘有约再相聚,破茧成蝶玉华璀。

其三

午后一梦已成蝶,忘却世事了心结。
从此烦恼离身远,笑对人生度朝夕。

志同道远

志略文缘共撷芳,同参翰墨醉画廊。
道行端正云舒卷,远播清音贯四乡。

为根平洗尘

别妻寻梦走南洋,怀揣诗书还故乡。
一众艺友聚潘园,兴来何惧酒千觞。

复友人

(一)
十年三千六百五,夕阳无限君莫负,
人生没有下辈子,珍惜足下每一步。

(二)
当年俊哥今尤帅,满头染霜健步来,
趁早结伙游天涯,人生晚春再出彩。

字谜一则

遇火逞威燃烈焰,见女相亲牵红线,
逢言问计安天下,傍木飞雪报春艳。

(打一字。谜底:某)

无 题

近闻崔永元曝娱乐界明星巨额阴阳合同偷漏国家税收,中央相关部门发文查处。有感

其一

冲冠小崔一声吼,偷税大腕惊弓兽。
动辄千万常嘚瑟,民怨似火成焦头。

其二

逃税偷税实堪忧,媒体推波博眼球。
治国依法当显威,东风来时血雨稠。

飞 絮

芒种时节艳阳照,
雪花逐蝶随风飘。
莫道老夫生癔症,
柳絮飞舞任逍遥。

无 言

——写在安徽理工大学学生公寓前

大学又逢毕业季,
经籍垒成废纸堆,
故乡老父汗如雨,
可否换得酒一杯?

闲聊三题

一

鸿儒口出尽华章,老夫词穷翘首望。
恨不少时勤读经,总为平仄脑筋伤。

二

而今老迈附风雅,也想断句折新芳。
晚景路上偷空闲,咸扯萝卜淡扯汤。

三

虽说夕阳无限好,怎耐黄昏总相傍。
偶聚谈笑论风月,结伴前行也痴狂。

校 园

牌楼石桥连长廊,红花绿叶斗芬芳。
若无少年读书声,谁人猜得是学堂。

(安徽省无为实验中学校园)

台风"安比"

初闻名号倍觉柔,相逢方知已添愁。
谁家骚客怜民忧,新韵清雅共水流。

小 雨 即 景

丝丝微风轻轻吹,蒙蒙小雨淡淡洒。
小小花伞慢慢撑,浅浅水塘朵朵花。

有感于德际的书画小品

在实验小学从教的同乡小友乔君,日前在朋友圈发了一组有趣又显功底的书画小品,很是养眼……

德艺双馨痴心育桃李,
　　　际华千斗翰墨孕奇珍。

宴后散步

宴罢腹倍鼓,消食悠闲步,
曲终人已散,清衫满玉露。

劝 学

书到用时方恨少,辞至尽处才懊恼。
劝我后辈惜光阴,水滴石穿力无穷。

儿时中秋忆

儿时不识葡萄香,误入紫藤架下藏。
欲待更深听私语,睁眼方知天已亮。

贺仓翁八十寿

学识冠城乡,德高载众望。
仓翁逢耄耋,松鹤致祺祥。

枯枝无名花

无名野花懒阳照,枯枝黄蕊也妖娆。
田畔静静吐芬芳,不争春来不争俏。

朋 友

春去暑往又逢秋,左顾右盼仍依旧,
若将戏言作心语,余生又得悔几秋?

知青农场

亭台楼馆伴草堂,奢华冷落两相望。
当年青涩今何在?早有枝头报喜忙。

无 题

初遇正年少,重逢人已老,
风雨数十载,岁月是刻刀。

同学重逢

适逢新冠疫情解封后庚子季春。阔别40年的盐师1980级民师4班17名大丰同学,与当年的班主任兼数学老师、后来曾任江苏省盐城师范学校副校长的唐余卿、当年任教语文的魏文元老师会聚于荷兰花海,谨以五言记之。

别离四十载,重聚在花海。
窗共凝厚谊,砚同展风采。

童心未泯

年逾花甲满头霜,偶发童心露锋芒。
舌剑唇枪无几合,下风甘拜小儿郎。

青葱记忆

夕阳西下览余晖,痴守初更梦渐稀。
落花有情水无意,空留惆怅伴君归。

蚊子馆

高楼林立醉人稠,勋绩光鲜觅举侯。
他日又成蚊子馆,问君可否叹缘由?

黄 叶

——步永明社长韵

携枝弄晓风,昂首对长空。
莫道寒霜近,盛妆贺雁鸿。

和永明社长《中秋雨夜寄友》

凄雨疾风鸣,苦焦仍未晴。
婵娟今若在,流光溯空明。

胡永明:上海市作家协会会员、上海出海口文学社常务副社长

诗　痴

一位视诗为命的诗友,日常生活无欲无序,也不善交际。对诗的热衷程度却几乎如痴如醉,几近痴迷。可三日无肉,却不能一日无诗。我戏称之为"诗痴"。

求诗作嫁娘,聘赋做情郎。
何日遂君愿,春来着盛装。

仿诉衷情·遥祭"12·26"

遥想当年君撒手,忍将夙愿留,怎奈群雄不武,韬光养晦久。

国渐富,官渐油,怨渐稠……近平励志,胆壮气斗,终兴神州。

仿西江月·游子终当还乡

英九又得连任,海峡幸免大浪;中华儿女心相连,台独终究无望。

两岸和平可期,一统道路漫长;同胞血肉众志成,游子终当还乡。

仿西江月·叹

昨日位高权重,门徒尽列朝堂,而今青史骂名扬,累及祖宗遭殃。

坚守为官当本分,莫因名利疯狂,陷身牢笼再思量,美梦一枕黄粱。

仿西江月·慕

好想重回年轻,却叹日月无心,若得不老灵芝草,何惧万苦千辛。

眼见今宵将逝,顷刻新春又临,再逢寒暑念一愿,依旧伴我灯青。

仿西江月·雪

漫天飞琼花,遍地披素袈,骚客穷辞吟寒鸦,终日觅新佳。

檐前挂冰帘,房后铺玉砂,孤翁寻杆钓皓羽,偶尔得闲暇。

语困词穷

未进诗门附风雅，
胡诌乱扯不知邪。
早知终究道行浅，
引玉抛砖拜大家。

闲聊诗话
插图　杨艺庆

庚子秋月录
王宏程先生闲聊诗话 束珩

书法 束珩
江苏省书法家协会会员
盐城市大丰区书法家协会副秘书长

诗与情

——兼答诗友"现代诗创作中的情"

常常有朋友要我交流一些现代诗的创作体会，怎样才能把诗写得流畅一点，有韵味一点？这个题目对于我来说，难度确实不小。

偶尔胡诌几句，是有点感受；不时写上几行，是为记点事，也记下一点不想很快忘却的东西。凭良心说，我的所谓"诗"，偏重于叙事，偏重于写实，和诗的距离好像远了一点。更与时下的诗坛主流并不合拍。假如标准能低一点，好像马马虎虎也还能算得上。不过要能写出好诗，还有很长的路要走，或许就算穷其一生也未必能够如愿，在这里我就对朋友提出的题目谈谈我的一些感悟，也算是对诗友的一些回复吧。

诗的抒情和"诗人情怀"

"诗言志"，"言为心声"，诗的主要功能是抒情。心里有话要说，不说便难受；有强烈的表达欲望，不表达便难受。诗是人们在需要表达时最优雅的表达方式。当然诗也有记事功能,偏重于记事的诗俗称叙事诗,叙事诗是寓抒情于叙事之中。

亲情友情爱情,激情浓情柔情,离情别绪都是情。

寄情寓景,借景抒情,诗情画意。"小赌怡情,大赌伤情","多情却被无情恼"。"问世间情为何物?直教人生死相许",核心就是这个"情"字。

任何一首好诗,都会饱含深"情",只不过有的跃然纸上,明明白白,有的藏身字后欲说还休。如果一首诗中真的无"情",那诗便没有了灵气,也就没有了"魂"。况且"东边下雨西边晴,道是无晴却有情",到末了,也还是个"情"字。

剪不断理还乱的是情,说不清道不明的是情,春花秋月何时了是情,我自横刀向天笑是情,恨铁不成钢是情,国仇是情,家恨是情。"关我什么事"那是无情,无情就不是情?

草木一秋,人生一世,绕不开的就是一个"情"字。为人在世、做事写诗,又如何能摆脱了一个"情"字?

"情"在诗里表现为诗的意境、诗的韵味,也就是诗的灵魂。情怀是虚无缥缈的,也是实实在在的,是浪漫的,看不到,摸不着,但也能让你真真切切地感受到的。

能够引起读者的共鸣,抒发出的是自己的心声,同时也是读者觉得正是他(她)想表达却苦于准确表述的心声,说到底还就是个"情"。

诗人的视觉,能够感受到别人感受不到的东西,一种不一样的视觉或感觉,用心、用情去感受事物的人格化一面。

有一首题为《天目湖》的诗,作者写道:

你看见我,

因为你在天上;

我看见你,

因为你降临到我的脚下。

另一首写《瘦西湖》:

你瘦了,

我知道,

是等我等的;

你瘦了,

我知道,

是想我想的。

《天目湖》中的天目湖和诗人有什么关系?瘦西湖的"瘦"和诗人又有什么关系?

诗人是多情的,在诗人眼中,什么都是有生命的,什么都是有情感的。

对于诗中的许多描述、感慨,有许多时候不能用常理来理解。只有进入到他的那个意境里,才能够理解诗人的心绪。

因为许多的另类,因为许多的无常,所以总是会遭遇到"多情常被无情恼"。

所谓诗人,从字面上可以理解为写诗的人,或在诗词诗歌创作和诗歌理论方面有一定的造诣的诗歌诗词作者。

人们常说诗人情怀，所谓诗人情怀，并不一定就是指写诗人的情怀。而是指大度、豁达、洒脱，小事不计较。骨子里的浪漫、对情义的执着、对情感的坚守、对感觉的追逐、对责任的尽职、对朋友的忠诚。同情弱者、嫉恶如仇，都是"诗人情怀"。也是很多并非是诗人的"诗人情怀"。

诗的"韵味"和"押韵"

诗是由诗句构成的，但写诗不是凑句。

要清楚自己想表达什么，然后是怎么表达，尽量不落俗套，尽量接地气，尽量以通俗易懂的语言来表达。避免慷慨激昂，避免现代八股，避免给读者"似曾相识燕归来"的感觉。拾人牙慧、人云亦云又有什么意思呢？这样的作品再高大上也不会给读者留下什么印象，终究只能是收获"无可奈何花落去"的结果。

诗不是快板，不是三句半，不是通俗的唱词，不是顺口溜，也不能只是押韵。押韵是顺口，但不等同于韵味。韵味是能给读者留下余味，也就是留下更多回味的余地。对于现代诗（也叫新诗或白话诗）来说，更重要也是最重要的就是韵味。

所谓韵味，不只是押韵。韵，韵味与押韵天差地别，压根儿就不是一回事。许多优秀的现代诗作品并不一定押韵，但依然韵味十足，也没有人能够否定,说不是好诗。也有的作品句句押韵,但过于平泛,过于直白,少了含蓄,少了诗歌所必须的韵味,当然就不是好诗,甚至不能称之为诗。

诗好贵在诗意,要含蓄,不要太直白,但又不能太隐晦。太直白了,沦落成口号;太隐晦了,又容易让人看不懂,"曲高和寡",使人望而却步,不愿读下去。最好的是能表达出别人极想表达,却不知怎么表达,你却以不经意的方式表达了。

没有诗味或诗味不浓就只能算是流于口号式的顺口溜或庸俗的打油诗。我写的东西也常常充满"油味",当然也尽力避免,尽量使油味淡点而已。

诗歌创作和学习

诗歌创作是一项创造性的劳动。

诗的开篇十分重要,开篇要尽量让读者有不一样的感觉,做诗和做事一样,良好的开头是事情成功的一半。

诗和散文杂文一样,也应有中心思想,即你要表达什么,也必须条理清楚,层次分明,不能东拉西扯。

诗的内容大于形式,不必过于拘泥,现代诗(俗称新诗,也曾称白话诗)更是如此,但句式整齐还是诗的重要特征。在不影响诗文整体结构的情况下,尽量押韵。每一节的诗句也尽量形成比较一致的规律(句式),每句也尽量不要太长,用于转折的句子不一定要押韵。

按照一定之规,合辙押韵,能够批量出产,篇篇高大上,首首无新意。换个题目就能够应付另一种需要,似是而非,放之四海而皆准,当然也能勉强算是诗,但就一定不是好诗。这样的诗并不能算是真正意义上的诗,这样的诗人也只是诗歌创作"唯手熟尔"的"卖油郎"而已。

正是因为诗歌创作是一项创造性的劳动,需要有一定的文学功底,需要一定的生活积淀、实践体验和文化积累。

学习,必须循规蹈矩、步步为营,需要知识的积累与沉淀。灵感来了,记下来。平时只有多多积累,用时才能信手拈来。书法家写字,画家画画,学习任何东西都是从临摹、模仿开始的。扬长避短,写自己熟悉的,才能事半功倍。

对于刚入门或初学者的朋友来说,也必然需要一定的学习过程。"行万里路,读万卷书""读书破万卷,下笔如有神"是任何事业成功的不二法则。

现代科技的发展为人们学习掌握新知识带来了极大的便利。一些诗词门户网站专门推出的学习检测软件问世,为人们能在较短的时间内掌握诗词特别是格律诗词的创作技能技巧提供了较为方便快捷的路径。

不为诗而诗,不急于求成。句不厌精,字字计较。

兵不在多而在精,人家能记住你的就是那么一两首好诗。

兼容并蓄共生共荣

——格律诗和现代诗关系之我见

中国是诗的国度，诗词作为文学的一个组成部分始终贯穿于中国文学史的全过程，在中华民族的历史长河中扮演着十分重要的角色。

作为一种所谓的高雅艺术，诗词的创作和推广需要较深厚的文化底蕴来支撑，所以诗词也一直处于社会和文学的象牙塔中，几乎与生活在社会底层的最广大劳动者无缘。

"五四"以来，白话文代替了文言文，也开创了现代诗（也称白话诗或新诗）的新时代。相对于格律诗词（也称古诗词）来说，现代诗没有那么多清规戒律，对于押韵平仄和用词炼句也没有那么苛刻顶真，所以也就更容易直接抒发和表达情感，更容易受到文学青年的欢迎与青睐。艾青、田汉、何其芳、李季、贺敬之等一大批杰出诗人创作的许多脍炙人口的现代诗，为抗日战争和解放战争的胜利做出了重要贡献。

从新中国成立特别是到"文化大革命"前后，现代诗成了诗坛的主流，能在文学期刊发表的诗几乎都是现代诗，即使难得有发表的格律诗也多为名家或领导人的作品。臧克家、冰心、叶文福等著名诗人的现代诗代表了这一时期的最高水平。而中华传统文学的经典格律诗被不适当地推离了诗坛的中心位置。这对于我们的民族文化来说，不能不说是一种灾难和遗憾。

也许是近年来传统文化被重新重视起来，也许是人们传统文化素养在不断地得到提升，也许是大型综艺节目《中华诗词竞赛》等诸多相关赛事的举办和反复播出，格律诗词在诗坛的地位得到了应有的重新肯定和提升，这是我们的民族之幸，这是我们的国家之幸。我们每一个中国人，特别是文化人都应该为此感到光荣与骄傲。

但是不可否认：也许由于"矫枉必须过正"的历史惯性，在21世纪的今天，诗坛正好出现了与过去正好相反的现象，许多文艺刊物，特别是诗词刊物基本上不登现代诗，一些诗友甚至认为白话诗不能登大雅之堂，一些原本觉得自己写得还不错的现代诗也有点羞于见人，觉得拿不出手。当然也不能否认有极少数报纸副刊只登现代诗，不登格律诗的现象。各级官方或民间诗词协会结集出版的作品专辑中，现代诗也只是在选录了数以千首的格律诗词之后，才在诗集末尾以"白话诗选"或"新诗选刊"栏目出现几首而已。

我的一位在格律诗、现代诗和散文方面都有着较深厚研究和创作实践的诗人作家朋友认为"格律诗创作更偏重于技巧,而现代诗创作则全赖于灵感"。现代诗的语言通俗化、口语化、平仄不拘、押韵对仗相对自由,抒情达意比较容易掌握,其发展前景应该是光明的。

笔者认为：这两种认识都有失偏颇,都背离了诗最本质的东西。在诗的家族里,格律诗和现代诗应该是诗的一体两面,是诗家族里的亲兄弟关系。各种诗体和谐共存,百花齐放,相互尊重、相互包容、相互学习、相互借鉴和共生共荣、形成合力,为诗歌的繁荣兴盛,为中华民族的伟大复兴贡献出自己的力量。

附录　四十年前采风整理的一组民歌

（六首）

　　1982年暑假，县委宣传部抽调各公社的文学爱好者组织民间文学普查，我收集整理的反映抗日战争和解放战争期间的时政民歌《十送郎》《打走鬼子复兴了》《哭青菜》《和平军寡妇哭亡郎》《生产加把劲》等六首入选《中国民间文学集成》(《大丰歌谣资料本》)。这首《和平军寡妇哭亡郎》发表于1986年7月《盐阜大众报》，发表时被更名为《伪军寡妇哭亡郎》。

　　40年前收集整理的这一组旧作，早已不合时宜了，但却是我当初满怀信心和激情收集和整理出来的一番心血。这种歌谣体的"下里巴人"虽然距诗的高雅有着极大的距离，但在她们变成铅字、变成一行行排列整齐的句子登上报纸和书刊时带给我的喜悦和兴奋，却是难忘的。

　　实在不甘心也不忍心让她在我的故纸堆里死去。作为附录收进这个集子里也算是对自己心灵的一丝慰藉。

和平军寡妇哭亡郎

（哭七七调）

一更里，进厢房，
哪一天不想我的郎。
你今年不过二十岁啊，
死鬼啊！
你一十九岁就把命丧啊，
我的个死鬼啊。

你死了，我伤心，
哪一天不哭三五场，
这个日子怎格过啊，
死鬼啊！
家中的事情哪个有眼望啊，
我的个死鬼啊。

二更里，起更鼓，
死鬼你死在商桥口。

那一天八路打据点啊

死鬼啊!

你身上连中八九枪啊

我的死鬼啊。

你头无帽,脚无鞋,

你身上的衣裳被剥下来,

莫怨民兵心肠狠啊

死鬼啊!

只怪你扫荡常下来啊,

我的个死鬼啊。

三更里,睡梦中

梦见死鬼你回家中

搂着你的脖子我不肯松啊

死鬼啊!

叫一声死鬼你听我言啊,

我的个死鬼啊,

也怪我,一着错

不该放你把和平军做

只说当兵能发财啊,

死鬼啊!

哪个晓得你一去不家来啊,

我的个死鬼啊。

四更天,天无星,

死鬼你葬在洼底坑,
只说夫妻同到老啊,
死鬼啊!
哪个晓得半路上两离分啊,
我的个死鬼啊。
真伤心,真懊恼,
死了还落个臭名声,
说话不怕旁人笑啊,
死鬼啊!
妻守空房多苦恼啊,
我的个死鬼啊。

五更里,天明亮,
手摸锅盖我无主张,
当家才晓得柴米贵啊,
死鬼啊!
家中没得半升粮啊,
我的个死鬼啊。
我诉一句,哭一声,
死鬼你去劝劝别的和平军,
叫他来投降快反正啊,
死鬼啊,
省得死了也没得魂啊,
我的死鬼啊。

传承演唱人:
白驹三里树人
沈巧粉(时年45岁)
陈桂英(时年48岁)
搜集整理时间:
一九八二年八月

治水五劝歌

一劝同胞你听分清,
年年水灾为何因?
可恨老蒋反动派
不兴水利把粮钱吞,
同胞们啊,
他们是造成水灾的害人精!

二劝同胞你听分清
兴修水利最要紧,
水患不除不太平,
大家齐心出把劲
同胞们啊,
永久的利害你莫看轻!

三劝同胞你想一想
翻身多亏了共产党,
她领导人民当了家,

兴修水利是好主张,

同胞们啊,

发展生产我徕才有福享。

四劝同胞你想一想

人定胜天理应当。

千军万马去治水,

吓得老龙王来投降。

同胞们啊,

从此那水患一扫光。

五劝同胞你要明了,

劳动模范最荣耀。

筑坝开河来竞赛,

快快的上去立功劳

同胞们啊,

戴上大红花你看多标俏。

传承演唱人:

白驹三里树人

　　王春富(系作者祖父,时年76岁)1947年至1953年期间曾任白驹双龙乡乡长并三度带领民工到外地治水。

收集整理时间:

一九八二年八月

生产加把劲

（四季小调）

春天来了样样总发青，
生产加把劲，
积肥要认真，
罱河泥啊快下种，
才有好收成。

夏天来了热呀热难当，
夏收夏种忙，
锄草把粪上，
拔菜籽啊栽芋头，
还要忙栽秧。

秋天来了秋风凉，
种子要适当，
千万莫郎当，
快收稻啊快拾棉，

快点儿完公粮。

冬天来了雪花飘,
防冻很重要,
压笆搅草腰,
只要你肯动动手,
样样全是宝。

四季生产要搞好,
再把副业搞,
猪子养几条,
做芦苇啊编蒲包,
鸡鸭饲养好。

组织起来日子好,
念书上夜校,
俱乐部里跑,
看画集啊唱小调,
生活乐陶陶。

传 承 演 唱 人:
白驹三里树人张采芳(时年42岁)
收集整理时间:
一九九八二年八月

打走鬼子复兴了

（四季小调）

春天到了万物总发青
可恨和平军，
你也是中国人，
为什么帮鬼子，
来杀自家人。

鬼子已经过盐城，
欺负老百姓，
太坏没良心，
杀了人，放了火，
还要劫金银。

夏天到了蚊子闹上堂，
鬼子驻刘庄，
做事太疯狂，
造土城，砌碉堡，

拆了多少好民房。

街蹲烦了就下乡,
抓鸡又抢羊,
无恶他不作。
东一张,西一望,
专门寻找花姑娘

秋天到了菊花开,
新四军,打进来,
百姓笑开怀,
机关枪,小钢炮,
不住气的往前开。

鬼子一见吓坏了,
不敢下乡来,
腿子像糠筛,
他说是,怕只怕,
"四老爷"最厉害。

冬天到了雪花飘,
新四军来把刘庄包,
多少好哥哥,
不怕死,往前冲,
打走鬼子复兴了。

老百姓哈哈笑，

蒸糯又划糕，

快活乐陶陶，

快杀猪，快宰羊，

快快去慰劳。

传承演唱人：
刘庄奋斗人束华魁（系作者岳父，时年52岁）
搜集时间：
一九八二年八月

哭 青 菜

提起那个青菜我真伤心啊,
伤心的人儿泪汪汪。
我起早贪晚上垛子,
挑水浇粪日夜忙啊,
我的青菜啊。

百合头的根子肥嘟嘟,
乌油油的叶子好模样。
粉嘟嘟地往上蹿,
一棵一棵排成行啊,
我的青菜啊。

谁想到了"老中央",
真是一副黑心肠哪!
黄皮保甲来站岗,
日夜不准我出庄啊,
我的青菜啊。

青莱长得根老叶子黄啊,
一点儿办法没得想啊。
合家全靠这青莱过,
这一家伙全泡汤啊,
我的青莱啊。

传承演唱人：
刘庄奋斗人 束华魁
搜集时间：
一九八二年八月于刘庄

十 送 郎

（十送调）

郎送到一里塘，
我郎当兵吃公粮，
一身好武装。
哎呀呀得喂呀喂，
一身穿好武装。

送郎送到二里街，
我郎当兵向前迈，
不能开小差。
（后面过门略）

送郎送到三里坝，
我郎当兵不要想家，
打走鬼子才有家。

送郎送到四里湾，

我郎参加模范班,
专门抓汉奸。

送郎送到五里店,
我郎当兵会种田,
爱护老百姓。

送郎送到六里路,
我郎当兵会唱歌,
常常搞宣传。

送郎送到七里庙,
我郎当兵会下操,
哨子一吹你就到。

送郎送到八里桥,
我郎当兵背背包,
去打龙王庙。

送郎送到九里庄,
我郎当兵打大冈,
顺带小卞仓。

送郎送到十里港,
我郎当兵打胜仗,

捉了多少匪官长。

鬼子二黄送了终
我郎当兵立大功,
戴上红花多光荣,

左边挂把指挥刀
右边挂支盒子枪,
送给刘区长。

注:
① 龙王庙:地名,盐城大丰三龙镇。
② 大冈、卞仓:地名,属盐城盐都辖区。
传承演唱人:
刘庄奋斗人 王月银(时年60岁)
搜集时间:
一九八二年八月

高懷見物理

和氣得天真

书法 王延宇

庆六一「大爱无言」盐城市2020年少儿书画作品展一等奖作品

退休感言(代后记)

退休了,从此无须每天为生活奔波。

有一份还算宽裕的退休金,虽不能"葡萄美酒夜光杯,高朋满座论兴废",但吃饱穿暖足矣。

退休了,少了许多,也多了许多,最难得的是多了一份足够奢侈的闲逸……

女儿早已自立,她知道该怎么去享受青春,享受生活。

她知道该怎么去努力,怎么去奋斗。

她也知道该怎么去承担原本属于她自己的责任。

退休了,终于能有一份属于自己支配的时间,可以从容地做点自己喜欢的事情。

不为钱财,不为讨喜,不为荣耀,不为世俗间的一切。为的只是还自己儿时的一个心愿,为的只是圆曾被命运羁绊,而不能圆的心中那个永远的梦……

退休了,终于有时间重新拾起儿时的一些零零散散又似有似无的梦。

梦，我的少年曾做过很多很多的梦，一个个有出息的梦。

所谓少年的梦，其实只是儿时潜意识对未来的憧憬和规划：

做行侠仗义的剑客，路见不平拔刀助；做横刀立马的将军，安邦定国建奇功；做腰缠万贯的大亨，助困济贫行善事；做足智多谋的策士，青史留名人称颂……

敬仰英雄豪杰，敬仰文人墨客，敬仰"留取丹心照汗青"的文天祥，敬仰"难酬滔海亦英雄"的陈天华……

儿时的梦，是美好的梦，也是苦涩的梦。儿时的我和与我同年的朋友们一样，家中缺衣少食，读无诗书，身无长技，只是徒留些完全不切实际的幻想罢了。后来的工作压力，家庭生计，使自己离儿时的梦愈来愈远，愈来愈模糊了。

儿时的梦，尽管只是幻想，但是那样美好，时至今日，虽已老态龙钟，然而只要回想起儿时的梦，也还是那样神往，只是时代不能穿越，岁月不能回放。梦不过是梦，梦也只能是梦。

大丈夫不能流芳百世，亦得遗臭万年。不论流芳百世还是遗臭万年，都得有那个能耐。而我，终究只能是个没什么出息、无论如何也是成不了大丈夫的男人。

退休了，命运还给我更多的美好，还了我想要而早已匆匆而过的少年时光,还了我儿时的癫狂。

我可以随心所欲,我可以"微信夜聊到天明,不为赶班再烦恼"。

我可以"一觉睡到九点半,再邀老友同品茗"。

我可以"和孙辈一起躲猫猫,当牛做马也乐呵"。

我可以"孤身独坐看流水,嬉戏清风弄浮云"。

我更想圆一圆自己的文学梦,"拾得儿时黄纸片,寻章摘句慰苍颜"。

我可以去做我想做的一切。

哪怕是可笑的,无聊的,愚昧的,甚至让人们觉得不可思议的……

只要我愿意……

感谢上苍,感谢国家,在我的热情依然可以燃烧的时候,给了我无限美好的退休时光……

我喜欢诗,我也清楚地知道,浪漫和想象是诗的生命。诗人几乎都是哲人,他们的诗能给人们以启迪、慰藉,让人们产生共鸣。诗人又总该是含蓄的,总该把自己要说的话委婉诗意地表达出来。而我却无论如何都做不到那么优雅。面对自己要抒发的情感总是近乎于呐喊,近乎于嘶吼。作为一个对诗歌膜拜如此的爱好者,我当然渴望能够融入现代诗歌的主流,然而由于过去的那个时代给自己留下的印记太深,自身的学识又太浅,长期形成的观念又过于守旧,看似随意的个人性格,骨子里却又过于顽劣和执着。

我的所谓诗以叙述柴米油盐、家长里短的琐事和近乎于呐喊的情感倾诉为主，只是记录了不同场景中自己在某种状态下的不同感受而已。与真正诗的高度还相距太远。我对诗的理解和感悟也终究是非主流的，今生今世无论如何也无法达到主流诗歌的高度。只是值得欣慰的是我也依旧有我自己的读者群。记得2016年3月《致我同龄的兄长》在微刊《人民作家》刊发一周时间内阅读量居然突破两万，令我至今引以为傲。衷心地感谢《人民作家》骆圣宏先生和这群一直默默相挺的读者。

《守望红尘》中收录的大部分诗稿（我姑且这么自说自话）绝大部分曾先后在各级报刊和新媒体刊出或推送过。而今结集刊出也算是了却了自己的一个心愿，给自己的儿时文学梦一个慰藉。仅此而已。

我是一个俗人，缺少成为诗人的浪漫和想象力，也许我也永远不会成为一个诗人。只是这些依旧不能隔断我作为一个诗歌朝圣者对诗的热情与爱恋。

感谢在这个集子的整理结集过程中众多朋友给予的帮助和支持。

感谢……